ラルーナ文庫

# 双界のオメガ

雨宮 四季

JN149672

三交社

CONTENTS

Illustration

逆月 酒乱

# 双界のオメガ

本作品はフィクションです。
実際の人物・団体・事件などにはいっさい関係ありません。

静まり返った高級ホテルの一室に、フルートグラスのかち合う澄んだ音が響き渡る。

「かの偉大なるイルメール・ウルヴァン閣下の麗しき弟君、エミリオ・ウルヴァン閣下との出会いを祝して。乾杯！」

「乾杯！」

目の前に腰かけた男の熱意みなぎる口調に合わせ、一度は同じように続けたエミリオは、上等のシャンパンを一口含んで微笑《ほほえ》んだ。

「うん、とてもおいしい。ちゃんと毒味をしてよかったな。なんの憂いもなく飲める」

「こちらこそ、事前に確認いただけて幸いでした。おかしなものが混ぜられていないかと疑いながら飲む酒はまずいですからね。やはりあなたは聡明《そうめい》な方だ、エミリオ閣下」

そつなく持ち上げてくる男に、エミリオはくるくるとグラスを回しながら肩を竦《すく》めた。

「大袈裟《おおげさ》に褒めてもらえるのも嬉《うれ》しいよ、ジョン。どうせ偽名だろうけど。だけど正直、神話再生主義の先鋒《せんぽう》たる君に、こんなふうにもてなしてもらえるとは思わなかったな。この間のデモだって、お互いにかなりの被害者を出したのに」

少し癖のある金色の髪に縁取られた美しい顔は、血の通わぬ男として知られた兄に酷似している。だが堅物の兄と違って軽薄な遊び人で知られた青年だ。与《くみ》しやすく見られがちであるのだが、あからさまに水を向けられたジョンは、探るような瞳《ひとみ》でエミリオを見据えた。

「こちらも意外でしたよ。あなたはどうして、我が同士をお兄様率いる『ドミニオン』に突き出さなかったのです？」

先日エミリオにすり寄ってきた若い女性の話である。最初のうち、エミリオは世間に流布した噂《うわさ》どおりの対応で彼女を歓迎した。

『わあ、君みたいなきれいな女の子に声をかけてもらえるなんて光栄だなぁ。よかったら、僕の行きつけの店に行かない？』

思うツボだ、とほくそ笑んだ女性は会員制のバーに連れて行ってもらい、楽しい時間を過ごした。ところが、どれだけモーションをかけても、エミリオは噂と違って最後まで手を出さなかった。

『だめだよ、自分を安売りしちゃ、なーんてね。誤解しないで、君は魅力的だよ。でも、僕ってば相手に不自由していないからさ。すてきな人とほど、じっくりと時間をかけて関係を深めていく余裕があるってわけ。ねえ、また会えるよね？』

さては、こちらの差し向けた刺客だとばれたのか。盗聴していた神話再生主義の面々は冷や汗を覚えたが、意外なことにエミリオは彼女の正体を看破していてなお、逮捕しようとはしなかったのである。神話再生主義からの正式な招待も平然と受け、今に至る。

「決まってるさ。あんな美人であっても、僕の兄さんはオメガというだけで毛嫌いする。ましてて、オメガの権利を主張していると分かれば、なおさら」

七大陸が一つ、エウロペ・コンチネントの治安維持部隊「ドミニオン」。その副官であることを示す、白を基調としたコート仕立ての制服に包まれた足を、エミリオは意味ありげに組み替えてみせた。

オメガ。それは、この世界から消された存在の名だ。

男女とは別に存在する第二の性。あらゆる分野の才能とリーダーシップに恵まれた「支配の性」アルファ。アルファほど傑出した部分はないが、数が多くアルファの補助を担う「支援の性」ベータ。定期的に発情し、男女問わず出産能力を持つ「繁殖の性」オメガ。

人類の黎明《れいめい》期、産めよ増やせよの時代には、「繁殖の性」にも意義があった。しかし科学技術が発展しきった現在、妊娠以外に能がなく、発情フェロモンによって優秀なアルファさえ惑わせるオメガは不要と判断され、殺処分が進んだ。そのため、表向きこの世界にはオメガは存在しないことになっている。

「……彼女がオメガだと、認めるのですね。あなた方のような組織の奮闘により、オメガは根絶されたはずですが」

「お互いに回りくどい言い方はよそう。『ドミニオン』を含め、各大陸で活動中の治安維持部隊の仕事には、今もなお生まれ続けているオメガの排斥が含まれている。君たち神話再生主義の面々はそれを知っているから、僕や兄さんを目の仇《かたき》にしている」

そうだろう？　と営業用の笑顔でにっこり微笑まれ、ジョンはぎちりと椅子《いす》に爪《つめ》を立てた。怒れるアルファの力は強く、高級な革に消えない傷が刻まれた。

「……そう。排斥。もしくは、高位のアルファの愛玩《あいがん》用として調教するか、ですね」

「うーん、そこはノーコメントで」

愛想笑いで流そうとしたエミリオのグラスを持った手を、ジョンは出し抜けに摑《つか》む。細かな泡が浮いた水面が波立ち、グラスの縁ぎりぎりまでせり上がってきた。

「……危ないなあ。せっかくのシャンパンが零《こぼ》れてしまうよ。制服が少しでも汚れると、兄さんもうるさいし。まあ、この服には最新式の自浄作用が組み込まれているんだけど」

黒手袋に包まれた指先でバランスを取りながら、エミリオはとぼけて文句を言った。自主撤退勧告であることは明らかだ。大抵の相手は彼の地位、何よりバックにいる兄の存在を思い出し、このあたりで引き下がるのだが、ジョンは真っ向から「ドミニオン」に異を唱える存在である。

「そうやってヘラヘラと話を逸《そ》らすのがお得意のようですが、私には分かります。あなたは、他のアルファとはどこか違う。だからこそ、こうして私の誘いに乗ってくださったのですよね？」

なおも話を変えようとするエミリオの瞳。兄と違って温度を感じさせる、南国の海のようなブルーの瞳を縛りつけるように覗《のぞ》き込み、ジョンは畳みかけた。情熱を秘めた強い視線にエミリオの視線がわずかに揺れ、なぜかジョンの喉《のど》がごくりと鳴る。

「……失礼」

己の奇妙な反応を怪訝《けげん》に思いながら、ジョンは仕切り直した。

「創世神話はご存知ですよね、エミリオ様」

「そりゃあ、一応ね」

かつてこの世界は人型の双子神、ネブラとルーメンという兄弟によって生み出された。彼らに憧《あこが》れた獣たちがその姿を真似《まね》て獣人へと進化し、ついには現在の人の形を得たというのが広く知られた創世神話である。

「なら、この話はご存じですか。創世神は二人ともアルファとされているが、弟のルーメンは実はオメガだった。我らの世界そのものが、アルファとオメガの繋《つな》がりによって生み出されたのだと」

何度も演説している内容だが、「ドミニオン」高官の前で披露するのは初めてだ。ジョンの口ぶりは一層熱を帯びていた。

「しかし文明が成長し、一定の人口に達した我々はオメガを『繁殖の性』と蔑《さげす》み、出産以外は能のない存在として排除を試みた。そのため現在、オメガという性は絶滅したと見られています。それが行きすぎた結果、出生率は年々低下する一方。即日で役に立たない者を切り捨てる思想が、オメガだけではなく、アルファやベータの出産も抑制」

「そういう危険思想を君たちが吹聴《ふいちょう》して回っているのは知っているよ。ところでさ、痛いから、そろそろ放してくれないかな？　例の彼女みたいな美人ならいざ知らず、僕には男に手を握られて喜ぶ趣味はないよ」

はぐらかそうとするエミリオとは裏腹に、ジョンは鼻息が荒くなる一方だ。放すどころか、逆に両手をしっかりと摑んで、

「いいえ、放しません！　あなたは『ドミニオン』解体のために必要な人材だ、エミリオ副官」

ようやく捕らえた希望なのだ。逃がすものかとばかりに、ジョンはぐっと身を乗り出してくる。膝《ひざ》の上に両手首を押しつけられて、エミリオはかすかに顔をしかめた。

痛いからではない。痛みの先にある快楽を、想起してしまったからだ。

しまった、と思った時には遅い。体の奥がじんわりと熱を生み始めた。幸いなことにジョンはエミリオの説得に手一杯で、漂い始めた甘い香りにはまだ気づいていない様子だ。

「あなただって、いくら兄とはいえ、あの冷血漢の横暴ぶりには嫌気が差しているのではないですか？　聞いていますよ。身内なのをいいことに、散々に汚れ仕事を任されていると……」

「……何をどこまで聞いているか知らないが、兄さんにもあれで一応、優しいところはあ

るんだよ。本人は自覚していないだろうけど」

残酷なところは、それ以上に。無為な感傷をしまい込んだエミリオは、周囲に、兄に期待される「軽薄ぶっているが案外有能な副官」の仮面をつけ直す。目の前の男が放つ強いアルファの気配を、それで遮断する。

「ところでさ。いくら時間を稼いでも、このグラスに塗られた発情剤なら効かないよ。効かないというか、そんなものは塗られていない」

ジョンの整った顔にちらちらと走り始めた焦りを読み取ってやると、手首を押さえつけた指がぴくりと痙攣《けいれん》した。

「なっ……!?」

反射的に身を引いたジョンの手を素早く摑み止めたエミリオの指からグラスが滑り落ち、床に落下して無残な姿になった。砕ける音さえ可憐《かれん》なグラスの惨状を尻目《しりめ》に、部屋のドアを振り返る。

コートの裾《すそ》に飛び散ったシャンパンは自浄作用により跡形もなく乾いた。こうやって何もかも消え失せる。「ドミニオン」が、兄が、アルファが望まぬものは、全《すべ》て。

「このホテルには、とっくの昔に手が回っている。君が金を握らせたホテルマンには、全て『ドミニオン』の息がかかっているんだ。そうだよね？　兄さん」

「弟の言うとおりだ」

エミリオの呼びかけに合わせ、満を持して翻る漆黒のコート。エミリオと顔は酷似しているが、対照的な黒を基調とした制服を身に着けた長身が、部屋の奥から忽然《こつぜん》と姿を現した。

「貴様……、イルメールだと⁉」

イルメール・ウルヴァン。名門ウルヴァン家の現当主にして、一族を象徴する「神の似姿《イコン》」の二つ名を体現するアルファ。エウロペ・コンチネントの治安維持部隊「ドミニオン」の長官の名を、ジョンはわななきながら口にした。

「そんな……、くそッ」

全てを悟ったのだろう。彼は渾身《こんしん》の力でエミリオを突き飛ばす。

逃げても無駄だ。本来の計画であれば、部屋の外も買収したホテルマンによって手引きされた同志たちが固めていたはずなのだ。だからこそ安心してエミリオと二人きりになり、発情させた彼を捕らえて逃げるはずだったのに、イルメールは易々《やすやす》と入ってきた。

その意味するところが分からないほど愚かなら、こんな手の込んだ方法で始末する必要もなかったが、追い詰められた人間は錯乱するものだ。放っておけば部下たちが処分を終える。イルメールだってそれは理解しているだろうが、なにせエミリオの兄は冷血漢で横暴な上に、仕事には完璧《かんぺき》を求めるのだ。

「エミリオ」

「――はい、兄さん」

兄が差し出してきたオートマチックを流れるようなしぐさで構える。「ドミニオン」の紋章である、錫杖《しゃくじょう》を抱く一対の翼が刻まれた銃は、「ドミニオン」に所属する者全てに配給される代物だ。エミリオの銃はこの部屋に入る際、親愛の証《あかし》として逃げていく男に預けていた。

ためらうことなく、引き金を引く。一発目で太股《ふともも》を撃ち抜き、ドアノブに手をかけたジョンの逃亡を阻止。動きが止まったところで近づき、二発目で確実に仕留めるために耳に銃口を押し当てた。

「あなたは、オメガだろう。甘い、悲しい匂《にお》いが、した」

その声はひどく小さかったが、エミリオの動きを止めるには十分だった。はっと息を呑《の》んだエミリオを見つめる瞳は不思議なほどに優しく、ジョンが心からオメガを冷遇する世を憂いていることが伝わってきた。

「実際に会ってみて分かった。アルファ用の発情剤なんて、そもそも効かないんだ。聞いてくれ。我々は、あなたのような人のために」

ごき、と神経に障る音にジョンの声は取って代わられた。あり得ない角度で後ろ向きに折れた彼の目からは光が失われ、永遠に蘇《よみがえ》ることはない。

白い手袋に包まれた指先が男の頭から離れる。人形の首でも折るようにしてジョンを始末したイルメールの目は、恒星のように強く輝いていた。たった今失われた光まで奪い取ったかのように、強く。

罪深い輝きに知らず見惚《みと》れていたエミリオの肩に兄の手が触れる。一瞬背筋が冷えたが、もちろん首を折られるようなことも、別の無体を働かれるようなこともない。ただ、ぐいと部屋の奥へ押しやられた。

「ま、待って、彼に銃を預けてある」

「聞いていた。回収はさせるので問題ない」

防音加工は完璧なはずだが、素っ気なく言ったイルメールが連絡したのだろう。「ドミニオン」の下位構成員であることを示す、濃緑色の制服に身を包んだ部下たちがすばやく中に入ってきた。

「処分は任せる」

彼らを一瞥《いちべつ》し、イルメールが簡潔に命じる。長官直属を許された優秀な部下たちは、用意していた担架にただちにジョンを乗せ、その懐を探ってエミリオのオートマチックを取り出した。そして苦悶《くもん》と驚愕《きょうがく》の表情に白い布を被《かぶ》せて隠し、何処《どこ》かへと連れ去った。

あの女性オメガも、今頃捕まっているはずだ。殺されて終わりか、それとも――彼女を待ち受ける運命について深く考えるのを避け、イルメールを経て戻ってきた銃をしまいながら、エミリオはいつものように浅い笑みを浮かべた。

「ごめんね、兄さん。手間をかけさせてしまって。でも、これで今日のお仕事は終わりっと。いやー、僕もナメられたもんだねぇ。兄さんでなければ、懐柔できると思われちゃったかな」

入れ替わりに自分のオートマチックを受け取ったイルメールの、アイスブルーの瞳が鋭い光を放った。先の男を始末した時のような、「能力」を使ったためではない。

「そうだな。それは、お前に責任がある」

抗《あらが》う暇もなく、引き寄せられた。嫌な予感におののくエミリオの顔を、よく似た顔が冷ややかに見つめている。

「分かっているな。お前はあの男に触発されてフェロモンを出した」

エミリオの両耳に嵌《は》まったピアスにはカメラや盗聴器だけでなく、エミリオ自身の体調を兄に知らせるシステムが組み込まれている。あれはたまに調子を崩すが、周囲にそれを知られてはウルヴァンの沽券《こけん》に関《かか》わる。私にだけ報告が来るようなシステムを作れ、と命じて作成させたものだ。

「……ご、ごめん、なさい。僕……じ、自分でも、どうしてなのか……」

ジョンの比ではない、完全無欠のアルファを前にしては、薄っぺらい道化の仮面に意味はない。呆気《あっけ》なく剝《は》がされたその下から覗くのは、情けなく怯《おび》えた表情だ。

分かっていた。死にかけの男によるかすれ声の告発もイルメールは聞き逃さない。部下たちが入ってくる前に自分を遠ざけたのは、少しでもフェロモンを嗅《か》ぎ取らせないためだ。この後何をされるかまで分かっているから、震えが止まらない。

「あいつはオメガなどに情けをかけた以外は、非の打ち所のないアルファだったからな。まだ、教育が足りないか」

己と作りだけは近い顔の輪郭を、白手袋に包まれた指先が辿《たど》る。その感触に一瞬陶然となったエミリオを、イルメールは乱暴に突き飛ばした。さっきまでジョンが座っていた椅子に倒れ込んだエミリオの腰を摑んで引き上げ、固定する。

「そこに手を突いて、下を脱げ」

「……そんな」

思わず瞳を巡らせたエミリオであるが、室内に自分たち以外の人影はない。トラブルの片づけは終わったが、優秀な部下たちは長官と副官が出てくるまで犬のように外で見張っているはずだ。分かっている。兄は、自分たちの関係が漏れるようなヘマはしない。

「早くしろ」

「……はい、兄さん」

イルメールがやれと言っているのだから、逆らう術《すべ》などないのだ。長年飼い慣らした諦《あきら》めに従ってうなずいたエミリオは、不自由な姿勢のまま器用にベルトを外し、コートをまくり上げ、下半身の衣服を足首まで落とすと引き締まった臀部《でんぶ》をさらした。

すらりとした長い足には適度に筋肉が乗っている。「ドミニオン」を代表する一人として、兄や同僚に負けぬ鍛練を積んできた。外見も能力も周囲の期待に応じていると自負しているが、その中心は本人の意思に反してじくじくと熱を帯びている。

「もう、こんなに濡《ぬ》れているのか」

粘液にまみれて妖《あや》しく光る縁を見下ろして、イルメールは冷たく嘲笑《わら》った。

「……ッ」

ひどい屈辱を受けている。それは分かっているのに、エミリオが奥歯を噛《か》み締めたのは浅ましい期待を隠すためだった。

右手の手袋を外したイルメールの指が、ずぷりと乱暴に奥へと差し込まれた。痛みに眉《まゆ》をひそめるエミリオであるが、思わず漏れた吐息には甘さがにじんでいた。

「ん、ふぁ……、ん、ん……！」

目に見える穴のみならず、その先に秘められた子宮が口を開け、強いアルファを欲しがっているのが分かっていたたまれない。抱かれると察した時点で準備を始めてしまう体では、どう取り繕おうと無駄だ。

「やはり、先の男に反応していたようだな。嘆かわしい」

弟の反応を見逃すイルメールではない。兄の苛立《いらだ》ちと失望をエミリオも聞き逃さない。どうにかして挽回《ばんかい》したいのに、イルメールはあまりにも自分の反応を理解しすぎている。

揃《そろ》えた指で前立腺《ぜんりつせん》をぐちぐちと捏《こ》ね回されては、声を殺すのがやっとだ。

「ん、あ、ぁ……にい、さ……ごめんなさ……」

切れ切れに謝罪するエミリオを蹂躙《じゅうりん》しながら、イルメールが深く覆い被さってくる。次に来るものを察してぎくりとした耳に、兄は淡々とつぶやいた。

「分かっているな？　お前がオメガだと知られるわけにはいかないんだ。そんなことになれば、お前を側《そば》に置いておけなくなる」

呼吸が止まった。

まるで愛の告白だ。そうであったら、どんなにかいいだろう。

だがエミリオは知っている。これは兄の、もっとも残酷な部分の表出でしかない。

胸が軋《きし》む。

「お前は私の期待に応じ、優秀に育ってくれた。失うには惜しい」

イルメールは嘘《うそ》をついているわけではない。仕事で必要なら、いくらでも嘘をつく男だが、これは本心だ。兄が本気で自分を認めてくれていることは自覚している。

本当の弟ではない自分を。優秀なアルファであった父母の死を招いた唾棄《だき》すべきオメガであり、本来なら「ドミニオン」に狩られる立場である、こんな自分を。

様々な感情で胸中は荒れ狂っているが、オメガの肉体は何よりアルファのくれる快楽に弱い。イイところだけに容赦なく加えられる愛撫《あいぶ》が全てを呑み込んでいく。イルメールがいじくっている穴は湯気が立つほどに解《ほぐ》れて蕩《とろ》け、愛してくれる指を離すまいとむしゃぶりついていた。

「気持ちがいいのか」

「い、いいえ……！」

「こちらも勃《た》っているが？」

不意に前に手を回され、反応している部分をきつく握り込まれた。その拍子に尻に押しつけられたイルメールのものも、熱く、固い。

兄さんだって、という反論を喉元でせき止める。お前の発情に引きずられたせいだ、と言い返されるのが関の山だ。そういう理屈でアルファは、「ドミニオン」は、この世界の人々は、オメガを抹殺し続けてきたのだ。その肉体から得られる快楽だけは、存分に貪《むさぼ》りながら。

「ごめん、なさ、い。体が……勝手に……」

謝るしかないのだ。なぜなら、兄は謝らせたくてエミリオを追い詰めているのだから。分かっていたが、他に術もなく、エミリオは消え入りそうな声で謝罪した。

「そうだろうな。これだから、オメガは厄介だ」

さも迷惑そうにつぶやいたイルメールが指を引き抜き、腰を抱え直した。

「簡単に気をやるなよ」

取り出した太い物を濡れた穴に宛《あ》てがうなり、イルメールは間を置かず押し入ってきた。

入り口が限界まで拡《ひろ》げられる圧迫に息を呑む暇もなく、ごつりと最奥に衝撃が走る。

急激な侵略に心は縮こまっているが、淫《みだ》らな体は独りよがりに昂《たか》ぶっていく。待ち望んでいた快楽を逃すまいと締めつけて、勝手な男をもてなした。

「……っく」

思った以上の歓待を受け、イルメールの呼吸がかすかに乱れた。意趣返ししようとしたわけではないのだが、アクシデントを嫌う兄の逆鱗《げきりん》に触れてしまった様子だ。

「あ、ヒィ！　らめ、ぇ、奥、響くぅ、ぐりぐり、やっ……‼」

根元まで突き立てられたものが、子宮口をこじるようにグラインドする。ごりごりと押しつぶすような、痛いほどの強さだったが、躾《しつ》けられた体には悦《よろこ》びでしかない。瞳にあふれた涙も歓喜ゆえのものだった。

「うるさいぞ。部下たちに聞こえたらどうする……！」

苛立ったイルメールが手首を返し、ぱしりと尻を打った。その痛みさえ被虐の快感にすり替わる。開発された場所を集中攻撃され、エミリオは子供のように泣きじゃくった。

「や、いたぁ、痛い、ごめんなさい、許して、兄さん、ごめんなさい……！」

余裕にあふれた洒脱《しゃだつ》な遊び人の姿はどこにもない。イルメールに「仕置き」を受ける時のエミリオは、無力で淫らなオメガでしかなかった。

「……愚弟が」

エミリオが乱れたことでイルメールは冷静さを取り戻したようだった。たっぷりと時間をかけて子宮口をいたぶり、よがらせた後、その動きは変わった。エミリオを追い詰めるためではなく、自身を解き放つための動きだ。

「な、中、だめ、だめぇ、できちゃう、赤ちゃん、できちゃう……！」

ずぐずぐと湿った音を立て抜き差しされる狭間《はざま》で、エミリオは譫言《うわごと》のように叫んだ。兄の動きは一方的で、エミリオのためのものではないが、自分の体で達しようとしてくれている事実がどうしても嬉しい。

だが同時に、一欠片《ひとかけら》だけ残された理性が言うのだ。このような愚かさは自分一人の責任の範疇《はんちゅう》だから、かろうじて許される。同胞を踏みにじりながら、叶《かな》わぬ恋に身を捧げて一生を終えるのはエミリオの自由だが、次の世代に罪を持ち越すことは許されない。

「避妊手術は受けているだろう。問題ない……！」

お決まりのやり取りが終わって間もなく、一際強く腰を打ちつけられた。紅く腫《は》れた穴の縁が、最奥まで侵入したものを留《とど》めようとばかりに締めつける。びゅくびゅくと吐き出される熱を悦んではいけないのに、イルメールが唯一見せる人間らしさを受け止めていると思うと嬉しくて仕方がない。

「……は……、ぁ……」

全てを出しきったイルメールが体を離すと、支えを失ったエミリオはがくりと椅子の上

に身を投げ出した。その足の間を、二人分の精液がぬめるような光を放ちながら伝い落ちていく。

「中で出すほうが、燃える体だろうが」

何もかも、分かっている。そう言いたげにつぶやいたイルメールは無言で服を直し始める。エミリオも今にもくっつきそうなまぶたを押し上げて、手近にあったナプキンで体液を拭《ぬぐ》い、どうにか人前に出られる格好に戻った。制服にも少し精液が飛んでいるが、自浄作用を組み込まれた布地は見る間に元の清潔さを取り戻していく。

「……自浄作用、万歳」

殺した相手の体液を消すよりも、こっちの始末でお世話になっている回数のほうが遥《はる》かに多い。自嘲《じちょう》的なつぶやきをイルメールは無視した。無駄だからだ。

「本部に戻るぞ。詳細な報告書は今日中に提出するように」

「……はい」

何事もなかったかのように手袋まではめ直し、イルメールは踵《きびす》を返した。エミリオもじくじくと我が身を苛《さいな》み続ける事後の熱を無視し、黙って後を追う。

いつものことだ。綿密な打ち合わせをした上で行われた始末劇は、報告書のベースファイルも先に用意してある。「ドミニオン」のシステム上で詳細を書き加え、兄に転送して承認してもらえば、この件は終了。

あの事件以来、何かと理由をつけて自分を犯すようになった兄の仕置きを受けるところまで、全てイルメールの想定内。

「ところで、私の婚約者候補のリストを更新したが、もう確認はしたな。閲覧の通知は届いた」

部屋を出て、部下たちの敬礼にうなずきつつ兄の隣に追いつくと、彼は急にそんな話題を振ってきた。咄嗟《とっさ》に頬《ほお》の引きつりを抑え、エミリオは応じた。

「……うん、見たよ。でも、まだ精査できていないから、この件についても後日」

「早めにな。新たな候補はメリゴ・コンチネントの大物の娘だ。優先順位は高い」

容姿にも性格にもイルメールは触れない。結婚相手の地位以外はどうでもいいからだ。性別については女性アルファだと分かりきっているので、同じく話に出てこない。

「『バランス・オブ・ナチュラル』の一族だってね。いいんじゃない？　あそこの組織は『ドミニオン』に比べて歴史は浅いけど、勢いはある。ただ、彼女、ちょっと男遊びが激しいって噂があるからね。兄さんと結婚するなら、その前に身綺麗《みぎれい》にしてもらわないとなぁ」

スラスラと、兄の求めにふさわしい答えを返せば、イルメールは満足してくれたようだ。そのまま二人並んで用意されていた車の後部座席に乗り込み、規則正しい街並みの中を「ドミニオン」の本部へと向かっていく。

「でも、兄さんにだって、分かってないことはあるよ」

寸暇を惜しんで各地からの連絡をチェックする兄の横で、同じように仕事をしているふりをしながらエミリオは独りごちた。

「神の似姿《イコン》」の恥さらしとして生を受け、父母を自死させた憐《あわ》れなオメガを救ってくれたのは、ウルヴァン本家の当主として将来を約束されたイルメールだった。俺の役に立てるなら、お前を生かしてやる。十にも満たない子供とは思えぬ威厳に圧倒され、両親の死に流した涙すら乾いてうなずいたあの日より、エミリオはイルメールの弟となった。

兄は命の恩人だ。その後も彼の保護がなければ、生き延びることはできなかっただろう。だからエミリオは、なんでもイルメールの言うとおりにしてきた。

それでも、受け入れられないことはある。

命の恩人だからこそ、二人の間に生じた命を独断で奪った彼のことを、決して許せはしないのだ。

任務のためだと偽れば、屋上への侵入はあっさりと叶った。薄青い入院着という格好でも、特に咎《とが》められることはなかった。またイルメールに無茶を言われている、周りはその程度の認識なのだろう。

「無茶を言われたのは、事実だけどね」

よく晴れた空の下、少し伸びた髪が風になぶられるに任せながら、エミリオは軽い口調でつぶやいた。

「ドミニオン」本部内施設はどこもかしこも最上級のホテルのように整えられているが、屋上はヘリポートが置かれている一画以外は殺風景なものだ。ヘリポートを管理している者たちの目を逃れ、塔屋の裏手に回る。

屋上の周りは頑丈なフェンスで取り囲まれているとはいえ、高さはエミリオの胸程度。監視カメラと外部からの侵入を防ぐセキュリティは内部からの脱出を阻まない。

入院生活で体力は落ちているが、これでもアルファばかりの組織内で長く副官を務めてきたのだ。肉の落ちた腕に力を込め、難なくフェンスの上に立ったエミリオは、機能的に整えられた街並みをぼんやりと眺めていた。

アルファがリードを取って整備した、エウロペ・コンチネントを代表する街。この景色を守るために全てをなげうってきた。決してオメガを認めない、この世界のために、全てを。

「そんなの、嘘だ」

エミリオはアルファではない。それほどの広い視座は持ち合わせていない。自分はただ、あの人の側にいたかっただけなのだ。

「エミリオ！」

風を切り裂き、響く兄の声。静かに振り向いたエミリオは、血相を変えて走り寄ってくるイルメールの姿を見た。めったに見ない慌てた顔がおかしくて、笑ってしまう。

「やあ、兄さん。さすがに一人で来たね」

間に合わない可能性も考えていたが、このタイミングで来るということは、病院を抜け出してすぐに気づいたのだろう。いつもなら暗殺を警戒し、エミリオ以下複数の部下を連れて行動している兄だが、事が事である。単独で動くしかなかったのだろうと思うと、さらに笑いを誘われた。

「……降りてこい」

馬鹿な真似をするな、どうしてこんなことを。そう問いかけるのも惜しいのか、イルメールは端的に命令を下した。

いつだって、兄さんは兄さんだな。ますます面白くなって、エミリオは踊るようにフェンスの上で軽くステップを踏んでみた。足が滑って落ちてもいいと思ってやったのに、鍛えた体幹が彼を踏みとどまらせた。

おなかに「問題」が入っていた時だったら、落ちたかもね。思いつきがおかしくて、またくすくすと肩を揺らす。

どうしてそんなふうに、信じられないような目で僕を見るんだろう。僕をこうしたのは、兄さん、あなたなのに。

全ては二人、ずっとこの景色を守るために。オメガの死体の上に成り立つ平和を維持するために。無意味な夢を何度も見た結果、それ以上の意味はないと、今の自分は理解している。

「なぜ、こんなことをする。お前は助かった。全ての始末は私がつけた。何も問題はない！」

すっかりと凪《な》いだ気持ちでいるエミリオとは逆に、イルメールは危機感を募らせているようだ。その、心底分からない、という顔が滑稽《こっけい》だった。それでも彼への執着から逃れられない自分は、もっと滑稽だった。

逃げ道は一つだけ。

「兄さんは、僕のことなんて本当に何も知らないんだね。ずっと好きだった。さよなら」

すうすうと隙間《すきま》風が吹くような腹を抱え、エミリオは虚空へ身を投げた。


目覚めると、木製の天井が目に入った。

「……ここ、は……？」

思わず出た声はひどくかすれていた。ずいぶんと長い間、エミリオは意識を失っていたようだ。

気怠《けだる》い疲れに支配された頭をゆっくりと動かす。壁も木。かけられている布団を構成する布地も、化学繊維ではないようだ。最近流行のロハスとかいうやつだろうか。馬鹿馬鹿しいと、兄は一蹴《いっしゅう》する考えだが、エミリオは嫌いではない。

「オメガは……、おっと」

機能美を愛するアルファより、オメガは自然の美を愛する。それゆえに兄はロハスの流行を嫌悪し、エミリオはひそかな親和性を覚えるのだが、人前では間を取って興味がないふりをしていた。

今となってはどうでもいいような気もするが、オメガだとバレたらどんな目に遭わされるか分からないのだ。自ら飛び降りておいてなんだが、つらい現実から逃げようとしたその先で、望まぬ危機に陥りたいとは思わない。

「同じことの、繰り返しになる可能性もあるしね……」

すっかり平たくなった腹をさすりつつ、観察を進めた。総合すると病院、あるいは療養施設の一種のように思える。状況からしてあり得ない話ではないが、入院着に包まれたままの手足は自由に動いた。

気怠さはあるものの、どこにも痛みはない。上体を起こし、布団をめくって確認したが、手当てを受けているような様子もなかった。

「それにしても……僕は、飛び降りたはずでは……？」

医療技術が発達した世の中とはいえ、「ドミニオン」本部は十階建て。自らの意志で飛び降りたために足から落ちた、もしくはどこかに引っかかったとしても、大怪我《おおけが》は免れないはずだ。触れた頬の皮膚は疲れはあるが若々しく、年単位の時が過ぎた、というわけでもなさそうである。

「そうみたいだね」

困惑するエミリオを包み込むように優しい声がした。はっとそちらを見やれば、間仕切りの布を持ち上げて白い人影が入ってきた。見知らぬ場所へ連れてこられたというのに、出入り口の確認さえ怠っていた事実を恥じる間もなく、彼は話し始めた。

「ごめんね。迷惑かもしれないけれど、見ていられなかったから、ネブラに無理言って助けちゃった」

穏やかに微笑むのは、銀色の髪と瞳を持つ美しい青年、だろうか。二十代半ばのエミリオより少し年下に見え、体格も一回り小さい。ゆったりとした白い貫頭衣を皮の帯で留めつけているだけなので分かりにくいが、女性とは体つきが違うので男だろう。

しかし、なんとなく違和感があった。圧倒的な威厳に満ちたアルファではない。その傘の下で安寧に微睡《まどろ》むベータでもない。

かといって、オメガがこんなふうに落ちつき払った態度を取れるものだろうか？　おまけに彼の顔には、見覚えがある。ネブラという名前も、知っている。

「あなた、は……」

「ぼくはルーメン。君たちが言うところの、神様」

「……え？」

彼の性別をいぶかしんでいたエミリオに、ルーメンはとんでもない爆弾を投げ寄越した。

「知ってるでしょ？　ネブラとルーメン。ぼくたちが、この世界を作ったんだよ」

「それ、は……知って、います、が」

ネブラとルーメン。創世神話の双子神。見覚えがあるのも当然だ。「ドミニオン」のメンバーは毎朝一堂に集められ、偉大なる創世神の似姿を見上げて忠誠を新たにする、という儀式を繰り返しているのだから。

各大陸の治安維持部隊も似たような儀式をしているらしいが、特に「ドミニオン」の指導者は双子のようによく似た兄弟だ。イルメールとエミリオにネブラとルーメンを重ね、正しく「神の似姿《イコン》」であると讃《たた》えられることも多かった。

『ありがたいけど、僕はルーメン様みたいに美しくも愛らしくもないなぁ？』

ルーメンと比較されるたび、笑ってそう返すのがエミリオの恒例のやり取りだった。兄上と違って気さくな方だと、楽しそうにする部下たちにバレないように、必死になって笑っていた。僕は創世のアルファたるルーメン様とは似ても似つかない、オメガなのだと。

「エミリオ!!」

混乱する頭に聞き慣れた呼び声が追い打ちをかける。間仕切りの布を切り裂くようにして部屋に飛び込んできたのは、漆黒の制服に身を包んだイルメールだった。

「兄さん!?」

エミリオが飛び降りる寸前、イルメールが走り寄ってきたのは見えていた。彼がこの、ルーメンを名乗る青年のところまで自分を運んだろうか。

始祖の力の多くは戦闘に適した形で自分たちの代まで伝わっているが、ルーメンは始祖そのものの名を名乗るぐらいだ。本当に治癒能力を持っているのかもしれない。

兄弟で「ドミニオン」を統括しているように思われがちだが、実際の支配者は兄だけだ。彼の従者に過ぎないエミリオは知らない、知る必要がないとされていることも多い。

だが、イルメールの形相はそんなエミリオの妄想を裏切るものだった。

「これは一体どういうことだ。貴様ら、私と弟に何をした!?」

めったにない兄の大声。エミリオはびくりと身を竦ませたが、ルーメンは平然としており、いつの間にかその横に並び立った黒い人影は即座にこう言い返した。

「命を救いました」

冷静を通り越して慇懃《いんぎん》無礼な一言は、ぞろりと牙《きば》の並んだ獣の口から発せられた。

「獣人……!?」

艶《つや》やかな黒い毛に覆われた狼《おおかみ》が、人と同じように立ち上がった姿。エミリオたちの常識ではオメガと同等の侮蔑《ぶべつ》にさらされる存在は、金の瞳で静かに室内を睥睨《へいげい》している。

「そうですよ。あなた方の時代には、私は勝手に人型にされているようですが」

被毛で覆われた体に衣服はあまり必要ないのか、皮の腰巻き以外は身に着けていないながら、言葉遣いは丁寧で紳士的でさえあった。多毛症の治療を受けたことをすっぱ抜かれ、昨年自殺した有名な俳優アルファの顔が脳裏を過《よ》ぎった。

「ひどいよね。ネブラはこの姿だから、かっこいいのに。でも、人間の顔をしてても、きっとかっこいいと思うよ!!」

ネブラ、と獣人を呼んだルーメンが頬をふくらませてその腕にしがみついた。愛《いと》おしそうに銀の頭を撫《な》でながら、ネブラはイルメールを見据えた。

「イルメール・ウルヴァン。あなたは義理の弟を孕《はら》ませた挙げ句に勝手に堕胎《だたい》させた。それに絶望した弟君が自死を選び、あなたも止めようと後を追って飛び降りた。このままでは二人とも死んでしまうので、ルーメンの頼みで我らの時代へご招待しました」

淡々とした状況説明を聞いて、エミリオは思わず自らの腹を押さえた。

今はぺったりと平たくなったそこは、中に小さな命を宿していた時も、ほとんどふくらまなかった。産み月が迫っていてもそうだった。

こっそりと調べたところ、オメガの男性にはよくあることらしい。女性、ないし女性オ

メガと違って、妊娠の兆候が小さいのだ。

そのため、エミリオ自身も最初は気づかなかった。一時期はひどい吐き気に悩まされ、今まで好きだった食べ物を受けつけなくなったりもしたが、そんなはずがない、と思いたかった。

十代の始めに避妊手術は受けている。摘出された子宮が復活した例は説明されてはいたが、一切を取り仕切る兄の横で、いつものように曖昧《あいまい》な笑みを浮かべていただけであるため、あまり詳しい内容は覚えていない。兄さんが問題ないと言うのだから、そうなのだろうと考えてサインした。自分はアルファとして生きていくのだから、抱くことはあっても抱かれることはないだろうと、のんきに考えていた。

施術を行った医者は術後の経過を確認後に始末されたため、相談することもできない。誰《だれ》にも言えない。特に兄には、絶対に言えない。まさか、あり得ないと自分に言い聞かせ、時折腹の内側で動く「何か」に見て見ぬふりを続けた。

やがて出産が迫り、エミリオはついに体調を崩して意識を失った。ふと目覚めると、兄はいつにも増して冷たい顔でこちらを見下ろしていた。

『しばらく休暇を取れ。問題は片づけておいた』

意識を失う直前、誕生を願う真新しい命が外の世界を目指して降りていく感触を覚えている。麻酔が効いているせいか、痛みはないが、体の中に虚《むな》しい空洞があるのが分かった。

あんなにもずっと、腹の中で蠢《うごめ》く存在に怯えていたのに。

『僕……の、子は？』

僕らの、と言いかけてやめたのは、盗聴の疑いを懸念したからだった。

『問題は片づけたと言っただろう。今度から、何かおかしなことがあれば必ず報告しろ。分かったな』

下らないと言いたげに繰り返し、イルメールは去っていった。彼の弟であり、副官を務める誉れを与えられた賢いエミリオは、もちろん全てを理解した。

僕らの子、などと口走らないで正解だった。兄にとってはただの「問題」だ。彼にとっての子供とは、誰もに祝福され当然の相手として受け入れられる、高位のアルファ女性との間に成すものだ。片づけて終わるようなものではない。

だから、飛び降りたのだ。本部の屋上で交わしたやり取りを思い出し、唇を噛み締めるエミリオを確かめたネブラの視線が鋭さを増す。

「個人的には、弟君だけでよかったのではないかと思いますがね。同じアルファとして、オメガを大事にしないアルファには虫酸が走ります」

一部の関係者以外は知らないはずの事実を指摘され、さすがにあ然としていたイルメールの表情が、根源的な秘密の暴露に引き締まった。

「貴様、エミリオがオメガだと言ったな」

最大の禁忌を看破されたと知ったイルメールの行動は早かった。オートマチックその他の武器は奪われていると確認済みだが、彼には奥の手がある。ウルヴァンの当主、「ドミニオン」の代表者たらしめている最強の能力が。

その気配がみるみる重圧を増していく。アイスブルーの瞳の奥に稲光のようなものが走り、エミリオは圧倒されて壁際に身を寄せた。ルーメンもかすかにみじろぐ。

しかし、肝心のネブラは小揺るぎもせず、イルメールの変化を観察していた。

「獣の力の発動ですか。なんと歪《いびつ》で強欲な……姿形は人を、力は獣を良しとするなど、生物として行き止まるのも当然ですね」

その声にはかすかな憐れみが混じっていた。

「抜かせ！」

聞きたいことは山ほどあろうが、まずは制圧が先だと判断した様子だ。ぐるる、と獣のうなりを発したイルメールは、長い腕を大きく振りかぶった。

姿形は人。力は獣。ネブラが指摘したように、それがエミリオたちの世界で求められる最上の在り方である。

自分たちの始祖は、創世の双子神に憧れていた獣だ。そこから獣人へ、やがて人へと進化したのだと神話は語ってきた。

そのため現代においては、先祖返りを起こして獣人の見た目の特徴——多毛、耳のとがり、尻尾《しっぽ》などを発現させたものは蔑まれる。退化したと判断されるからだ。

特に地位の高いアルファにこの症状が出ると、それを理由にしてあっという間に権力の座から引き下ろされる。高度に捏造《ねつぞう》された映像によって失脚させられる者も少なくない。

反面、獣の力そのものは、神の遺産として珍重されていた。特にイルメールに備わった能力である「怪力」はシンプルかつ強力だ。銃ほどの射程距離はないのと、発動に少し時間がかかるのがネックだが、人の身にあるまじき膂力《りょりょく》によって繰り出される一撃は人体など易々と破壊する。

たまらず、エミリオは目を閉じた。ネブラどころか、ルーメンまで無残に引きちぎられる様を想像したからだ。必要な情報が出揃っていないので、最低でもどちらかは生かしておくだろうが、逃亡を防ぐための処置は迅速に行う。兄はそういう性格だ。

ところが、イルメールの振りまく闘気は唐突に消え去った。次に聞こえてきたネブラの声は、重傷者のものではなかった。

「私はネブラ。全てのアルファの祖にして、獣の神。同じ獣の血を引くアルファの力を抑えることができる」

そろそろと開いた瞳に映るのは、神を名乗るにふさわしい神気を放ちながら堂々と立つネブラの姿。そして、その手前で愕然《がくぜん》としながら己の体のあちこちを確かめているイルメールの姿だった。ネブラ同様、無傷のルーメンは「さすがだね、ネブラ！」と楽しそうに笑っている。

「いかがですか、お二人とも。僭越《せんえつ》ながら神であり、あなたたちの祖先である私たちの言うことを、信じる気になっていただけましたか」

有無を言わさぬ調子でイルメールに確認を取ったネブラは、続いてエミリオに視線をやった。獣の顔の表情は読みにくいが、イルメールに対するのと違ってその瞳には柔らかい光がある。

「あなたも、よろしいですね。エミリオ。最悪、お兄様には信じていただかなくても構いませんが、あなたには……」

「に……兄さんに、何をしたんだ！」

ネブラの問いかけを無視してエミリオは叫んだ。最上級のアルファに震える体を叱咤《しった》して立ち上がり、兄の様子を観察する。見た目の怪我や出血などはないが、次から次へとわけの分からないことばかりなのだ。不安は拭えない。

「ご心配なく。ただ、力の発動を抑えただけです。……あなたは心の底から、お兄様を慕っていらっしゃるのですね、エミリオ」

あんな目に遭わされたばかりなのに、とどこか呆《あき》れた色を交えてネブラがため息をつく。

隣でルーメンも苦笑していた。

「分かった。信じよう」

解け始めた空気の中、イルメールが姿勢を正す。エミリオは反射的にその動きをチェックしたが、どこかを庇《かば》っているような不自然さはない。ネブラは本当に、「怪力」の発動を抑えただけのようである。

「私とエミリオは確かに十階の高さから飛び降りた。それを傷一つなく救い、ここへ移動させ、私の能力まで封じた。創世の神でもなければ、考えられないことだ」

「ありがとうございます。証拠が揃えば、さすがの判断力ですね」

物分かりの良さを皮肉るでもなく、ネブラも簡潔に礼を述べた。

「では、改めてお茶の席にご招待しましょう。そこで今後のことについて、ゆっくりと相談したいと思います」

「朝摘《あさつ》みのいい茶葉があるんだ。任せて！」

張り切ったルーメンとネブラが間仕切りの布をめくって歩き出す。逡巡《しゅんじゅん》するエミリオにイルメールが声をかけてきた。

「見た目は問題なさそうだが、大丈夫か」

「……う……うん、平気だよ、兄さん」

体感ではつい先程、飛び降り自殺を試みたのだ。しかも、その後を兄も追ったという。にもかかわらず、イルメールはすっかりと落ちつきを取り戻しているようだった。

「正直、まだ疑わしいが、反論の材料もない。ひとまずは、奴らの話を聞くぞ」

言うなり、イルメールはさっさと歩き出した。エミリオがついてくることを、その背中はまるっきり疑っていない。

身投げによる怪我はなくとも、この体と心には、つい最近消えない傷が刻まれたばかりだというのに。それを行ったのは、兄だというのに。

刹那《せつな》、再び飛び降りたい衝動が込み上げた。しかしこの部屋の窓は小さく、オメガとしては体格のいいエミリオが通り抜けるのは容易ではなさそうだ。そもそも目線の高さからして一階である。外に続くような出口はなく、刃物の類《たぐい》も見当たらない。再びの悲劇を繰り返させないためだろう。

つまりは、兄の後を追う……いや、ネブラとルーメンの話を聞くしかないのだ。渋々とそう結論づけたエミリオは、立ち上がって歩き出した。


案内された先は、上部から明るい日差しが降り注ぐ気持ちのいいサンルームだった。

見上げた空の青さはエミリオたちも知っているものだ。だが、正面に大きく取られた窓の外、垣根の向こうに覗く往来の光景は彼らの常識とは大きくかけ離れていた。

木と石で組み上げられた素朴な建物ばかりが並んでいる。道路の作りは粗雑で、アスファルトなどは使用されておらず、踏み固められた中央部以外は小石や雑草が無秩序に残っていた。

そこだけ見れば、大陸の中央を外れた田舎、もしくは田舎らしさを演出するリゾート地とも言えよう。しかし道行く人々の中に獣人が混じっているのだ。耳だけ、尻尾だけ、ではなく、ネブラのように顔の作りが完全に違う。

しかも誰もそれを隠していない。普通の人間も驚いたり馬鹿にしたりしない。当たり前のようにすれ違い、親しい者同士は挨拶《あいさつ》を交わし、世間話をするために道の端へずれて顔を寄せ合ったりしている。人と獣人が交わす視線にこもった親愛の情は紛《まが》い物とは思えなかった。

「お二方、どうぞこちらへ」

「はい、これはイルメール、これはエミリオの分ね。大丈夫だよ、毒なんて入ってないから。殺すつもりなら、わざわざ助けたりしないでしょう？」

大きなテーブルに腰かけたネブラが自分たちの向かい側を指し示し、ルーメンが手際よく茶を出してくれる。エミリオたちが知る紅茶より原種に近い茶葉であるらしく、味や香りの洗練度は低いが、あふれるような生命力が感じられた。

「おい、エミリオ」

「――大丈夫だよ、兄さん。ルーメン様の言うとおりだ」

勧められた椅子にさっさと腰かけ、カップを傾けるエミリオをイルメールが咎めるが、問題ないと首を振る。野性味は強いがおいしい紅茶だ。もちろん毒など入っていない。入っていても、構わなかったが。

「様はいらないよ。ぼくが神様なのは事実だけど、堅苦しいのは苦手なんだ。君には親近感も覚えてるし、もう友達だと思ってルーメンって呼んで。ネブラのこともね！」

「はい……、うん、分かった、ルーメン。ありがとう、このお茶おいしいよ」

にっこり微笑んでエミリオは彼の求めに従った。うんうん、と嬉しそうにうなずくルーメンの横でネブラは改めてイルメールに問いかける。

「立ったままでも話はできるでしょうが、いかがなさいますか？」

「……いただこう」

諦めた様子でイルメールもエミリオの隣に座った。それでも用心深く、紅茶に手を出さない彼を尻目に、ネブラは優雅に茶をすする。体格に合わせた大きさがあるとはいえ、長い爪を持つ指先では苦労しそうな動作も、彼は難なくやってのけた。

「では本題に入りましょう。先程も少し申し上げましたが、私は獣人であり全てのアルファの祖、ネブラ」

「そしてぼくは人であり、全てのオメガの祖、ルーメン」

「オメガ⁉」

薄々感じていた謎《なぞ》の一部が解けた。エミリオはまじまじとルーメンの顔を見やる。愛らしく整ったその顔は、確かにオメガらしくはあった。同時にエミリオの知るオメガは持ち得ない、自信と風格が備わっていた。

「そうか……君は、やっぱり、オメガなのか」

「そうだよ、エミリオ。きみと同じ、ね」

微笑む顔には一片の曇りもない。怯えや諦めといった混じり物のない笑顔は、輝かんばかりに美しかった。

これが本来のオメガなのだ。

アルファのような力強さはなくても、生まれ持った性を肯定し、堂々と大地に立つ。その様の、なんと魅力的なことか。

「ふざけるな」

見つめ合う弟たちにイルメールが割って入る。

「創世の兄弟は二人ともアルファだ。そして、まともな人間だ！」

「残念ながら、あなた方が生きる時代にはそうなってしまったようですね。嘆かわしい話です」

ネブラが軽く首を振ってみせる。

「世界が始まったばかりのこの時代、オメガは繁栄の象徴。我らアルファは、その身を削って未来の命を生み出してくれる彼らを守る存在です」

「そんなアルファに、ぼくらオメガはいーっぱいいーっぱい、感謝してるんだよ!!」

強制されたわけでもなく、媚《こ》びへつらうわけでもなく、心からの気持ちを込めてルーメンも兄の言葉を支持した。

「……でも、エミリオたちの時代にはそうじゃなくなっちゃったんだよね。獣人もオメガも差別されて、ひどい扱いを受けるようになっちゃった。ごめんね」

無邪気なばかりだったルーメンの様子が変わった。大きな瞳に満ちるのは、イルメールの「怪力」を抑えつけたネブラと変わらぬ聖なる気配。

「だから、この機会に、君にチャンスをあげたいと思ってさ」

チャンス、と我知らず反芻《はんすう》したエミリオを、ルーメンは慈愛をたたえた目で見つめる。そういう顔をすると、彼はエミリオよりずっと年上に見えた。

「今言ったように、この時代、この世界ではオメガは大事にされているんだ。性別を隠す必要はないし、ちゃんとしたつがいでもないアルファにえっちなことをされそうになったら、ぼくやネブラが黙っちゃいない」

つがいとは、アルファとオメガが一対一で結ばれることだ。セックスの最中、アルファがオメガのうなじを噛むことによって成立する。オメガがフェロモンを出すのも、それによってアルファに見初められ、つがいになってもらうためだと言われている。

ただしアルファ側からは一方的な解除が可能など、問題もあるのだが、つがいを得たオメガは相手構わぬ発情が収まる。それだけでも、オメガにとってはずいぶんと生きやすくなるのだ。オメガの存在自体が排斥された世界では過去の遺物に過ぎない制度が、この世界では機能しているらしい。

「ここで暮らさない？　エミリオ。もちろん、選ぶのは君だ。君が帰りたいなら、帰してあげるけど」

エミリオが軽く目を見開くと同時にイルメールが立ち上がった。

「時間の無駄だったな。帰るぞ、エミリオ」

さっきと同じように、彼は当然のごとく踵を返そうとした。ルーメンが肩を竦める。

「君には聞いていないよ、イルメール。ぼくはエミリオと話してるんだ」

「その必要はないと言っている。我々には正しい世界を維持する義務がある。貴様らが創世の神を名乗るだけの力を持つことは理解したが、我らはすでに神の手を離れた。余計な口出しは必要ない」

神であろうがなかろうが、オメガ風情が何を抜かす、と言わんばかりである。ネブラの瞳が圧を強めた。

「……そうだね。僕らは、独り立ちした存在だ」

険悪な空気の中、椅子に座り、まっすぐにルーメンたちのほうを向いたまま、エミリオは兄の言葉に同意した。

ネブラの圧がこちらに向かってくるのを感じたが、早計である。エミリオが同意したのは、あくまで一部分だけだ。

偉大なるウルヴァンの長《おさ》。痛いほどに清く正しい義兄。最初に命を救われたあの日から、多大な恩を受けてきたことは事実である。

だがイルメールは言った。我らはすでに神の手を離れた、と。

それは自分たちにも当てはまるのではないか。そもそもイルメールが救ったのは、彼の弟にふさわしいウルヴァン一族の少年であって、哀れなオメガなどではないのだ。

「だから、僕は自分で選ぶよ。ルーメン、お言葉に甘えさせてもらってもいいかな？」

「本当⁉」

ルーメンがぱぁっと表情を明るくした。

「やったね、ネブラ。助けた甲斐《かい》があった！」

「よかったですね、ルーメン。では、本格的に彼の家を用意しませんと」

ネブラも喜ぶ弟に嬉しそうだ。明るく差し込む陽光の中、あっという間に話はまとまったかに見えたが、驚いたように振り向いたイルメールの声だけは氷のようである。

「……待て、エミリオ。何を言っている」

冷たい声はそれ自体が尋問だ。喉を締め上げる圧迫を感じるが、今のエミリオを止められるほどではない。

「そのとおりの意味だよ、兄さん。僕はオメガを大切にしてくれている、この世界に残る」

兄は聡明な人だ。分からないはずはないだろうが、万が一にでも勘違いさせないように、はっきりと言い直した。

「馬鹿な……一体どうした？　まさか、貴様ら、エミリオにも何かしたのか」

これだけ明言したのに、イルメールは何か勘違いしているようだ。険しい視線が創世の神々を刺した。

「僕に何かしたのはあなただろう、兄さん」

素っ気なく言い返すと、さすがに思い当たるところがあったのか、イルメールは珍しく次の言葉に詰まった。ふ、と息を吐いて、エミリオは座ったまま兄のほうに向き直った。

「いいんだ。兄さんを責める気はない。最初に会ったあの時、僕を助けてくれたのは兄さんだ。逆恨みからまんまと発情させられた僕を抱いたのも、オメガのフェロモンのせい。兄さんのせいじゃない」

「……そうだ。そのとおりだ」

二人の関係を一変させた事件を持ち出すと、イルメールはわずかに間を置いて同意を示した。間が空いたのは、自分が何を言わんとしているか探っているからであって、罪悪感などの作用ではないとエミリオは知っていた。

怒りは湧《わ》かなかった。いっそ清々《すがすが》しかった。彼を傷つけるためではなく、愚かな自分の中に溜《た》まった膿《うみ》を吐き出すために、エミリオは続けた。

「あれ以来、不甲斐ない僕への罰にセックスが加わったのも兄さんのせいじゃない。オメガはアルファを惑わせる生き物だ。だから、僕ら『ドミニオン』が狩ってきたんだものね。その結果妊娠したのだって、ちゃんと避妊手術だって受けさせてくれていたんだから、兄さんは悪くない」

「エミリオ……」

たまらなくなったように、ルーメンが彼の名を呼んだ。痛ましさに顔を曇らせる弟を、ネブラはそっと抱き寄せる。

「勝手に子供を堕ろさせたのも、僕を……あなたの弟である僕を、守るためだものね。分かってるよ。兄さんは、悪くない」

「……ああ」

自分の子でもあるせいか、イルメールの声音に微量の影が落ちる。一瞬、それに驚くほどの怒りを覚えた。かけていた椅子がぎしりと鳴る。いつか二人で殺した活動家のしぐさを思い出した。

だが怒りはすぐに沈静化する。エミリオは長い間、怒ることを許されていなかった。どんな理不尽もヘラヘラと笑って、全てを受け流すことを強《し》いられてきた。

無論、逆らわなかったのは自分だ。弱い自分のせいでこうなった。

そんな人間は、かの高名なるイルメールの弟にはふさわしくない。

「兄さんの期待に応《こた》えられない僕が悪いんだ。最後まで迷惑をかけてごめんね。でも、兄さんなら、僕の死をうまく使うこともできるさ。死体はないけど、いくらでも捏造できるでしょ？　神話再生主義の連中のせいにでもして報復すればいい。『ドミニオン』のみんなも、不出来な弟が殺された程度でこんなに怒るんだ、兄さんも人間なんだなって親しみを抱くと思うよ」

完璧すぎて人間味に欠けると言われがちな兄に代わり、親しみやすさを演出するのがエミリオの役目だった。いずれ誰かが補充されるだろうが、オメガである自分を選ぶなど、イルメールの基準は独特だ。同じ過ちを繰り返さないためにも、イルメール一人で人間味まで賄《まかな》えるようにしたほうがいい。彼ならばできるだろう。

「……お前は」

喉から無理やり押し出すような兄の声は、それだけで信じられない、と言いたげな響きを持っていた。

「お前は、私のことが好きなんだろう。なのにどうして、私から離れるようなことを言う？」

室内が静まり返る。一拍置いて、ルーメンが「うわ」と声を出した。ネブラは黙って眉《み》間《けん》にしわを寄せている。

「は、ははっ」

さらに一拍置いて、エミリオは笑い出した。笑うしかなかった。飛び降りる刹那、遺言代わりに突きつけた告白を、こんなふうに突き返されたら他にどうしようもない。

「すごいね。本当にすごい。兄さんは、本当に兄さんだ。偉大なる『神の似姿《イコン》』、世界の守護者‼　あなたは正しい、いつだって正しい……‼」

笑いながら、泣きながら、エミリオは激しい勢いで椅子を蹴《け》って立ち上がった。

「ああ、好きだったさ。ずっと好きだった。好きだったから、どんな扱いを受けても側にいたんだ‼」

救われた恩ゆえか、オメガのさもしい性根のせいかは知らないし知りたくもないが、エミリオは義兄のことがずっと好きだった。初めて会ったあの日、命を拾い上げてくれた美しいアルファ。親戚《しんせき》同士であるため、顔形はその頃から似てはいたものの、自分にはない絶対的な強さと威厳は、あの瞬間に心に焼きついて離れなくなってしまった。

「そんな気持ちは、子供と一緒に流れてしまったよ。今はもう、二度と顔も見たくない！」

二度と会うことはなくても、思い出は思い出として残り続けるだろう。それだけだ。彼の人間味を受け止めた証は、空の彼方《かなた》に旅立った。イルメールが、そうした。

「もういいよ。もう、うんざりだ。ルーメン、ネブラ、頼むから早くこの人を元の世界に帰してやってほしい」

「……そのほうが、よさそうですね」

苦り切った調子でネブラが同意するが、イルメールは頑として意志を曲げない。

「お前が帰らないなら、私も帰らない。絶対に連れて戻る。来い！」

「嫌だ。僕は戻らない。兄さんだけ勝手に帰れ！」

腕を引こうとした手を叩《たた》き返し、エミリオも断固として兄を拒絶する。

「……エミリオ」

これが見知らぬオメガなどであれば、イルメールは反撃をものともせずに押さえ込み、問答無用で望む場所へ連れ去っただろう。だがエミリオのこの剣幕では、強引に連れ帰ったとしてもイルメールの望む結果にはなるまい。優秀な副官、物分かりのいい弟ではいてくれないだろうことを、賢い頭で判断したようだった。

いつになく途方に暮れた表情がエミリオをさらに苛立たせる。そんなことだけは分かるくせに、肝心なことは理解してくれない。彼なりの愛情を感じるからこそ、ズルズルとここまで来てしまった。

「帰って、例のメリゴ・コンチネントの人とでも結婚して子供を作りなよ。新しい副官の選定だって早いほうがいいだろう。兄さんに心酔している連中なんていくらでもいるけど、兄さんの眼鏡《めがね》に適《かな》うレベルとなると難しいだろうからね。でも、オメガの僕にも一応やれたことだ。『ドミニオン』でひとかどの地位を得たアルファ様なら大丈夫さ。なんなら、その候補のリストを作って送ってあげるよ！」

ここの暮らしぶりでは、データを転送できるようなシステムはないかもしれないが、自分たちを強制転送できるような神様がいるのだ。どうにでもなるだろう、と吐き捨てるエミリオと、その前で立ち尽くすイルメールを、ルーメンはじっと観察してから口を開いた。

「じゃあさ、こうしよう。イルメール、きみがエミリオをちゃんと説得して、納得させられるなら、二人一緒に帰してあげる」

「えっ？」

「当然だ」

当惑するエミリオをよそに、イルメールは傲然《ごうぜん》とうなずいた。

「ただし、暴力は禁止。暴言も禁止。無理やりえっちなことなんて、絶対に禁止！　誠心誠意、心を込めて口説《くど》くこと。いい？」

続く制約にイルメールはかすかに不満そうな顔をした。ネブラが呆れた様子で口を挟む。

「何か言いたそうですね。本来ならば、つけ加える必要もない条件ですよ？」

「当たり前だ。私はエミリオに無体など働いたことはない」

この期《ご》に及んで揺るがぬ自己認識。ネブラとルーメンは目を丸くし、エミリオはうんざりと肩を竦めた。分かっていたことだが、本人の口から聞くと呆れるしかない。

「時間の無駄だと思うけど、まあ、いいさ。好きにすれば？　ところでルーメン、ここで過ごした時間が長くなればなるほど、元の世界との時間がずれるなんてことはないよね？」

「それは大丈夫。もしも帰るなら、二人が飛び降りた直後の時間軸に、ちゃんと戻してあげるよ」

必要最低限の確認を取って安心した。ならば、イルメールの好きにすればいい。そもそも他人の制止を聞くような性格ではないのだ。

「いいさ。気がすむまで僕を口説いてみなよ、兄さん。で、無駄だと分かったら、さっさと一人で帰って」


エミリオに与えられた住まいは、ルーメンたちが暮らす家と同じ敷地内にあった。抜けるような青空の下に佇《たたず》むそれは、何度か行ったことのあるリゾートに設置されていたコテージによく似ている。平屋で部屋は大きく二つに分かれていた。寝室にはベッドに戸棚、リビング兼ダイニングには頑丈そうなテーブルと椅子と、調度品の類も似たようなものだが、電気を必要とするようなシステムは一切なかった。

「今は春の終わりだからね。アルバは気候が温暖だし、暖炉はまだ必要ないと思うけど、寒かったら使ってもいいよ。薪《まき》は外に置き場があるから」

アルバとはルーメンたちが暮らすこの街の名だ。説明してくれたルーメンに、こわごわと質問する。

「もしかして、調理のための火も自分で熾《おこ》す……？」

年代物のかまどもディスプレイではなさそうだ。料理は趣味でそこそこの腕前だと自負しているが、完全に電化されて便利な調理器具の揃ったキッチンでの話である。

訓練でキャンプを行った際でさえ、兄や自分は一から火を熾したことはなかった。個人的にはやってみたかったのだが、親しみやすさのアピールにも限度がある、とイルメールにたしなめられてしまうのだ。自分の弟らしく、アルファらしくせよ、というのが、常に至上命題だった。

「もちろん、と言いたいところだけど、君たちの時代には完全に過去の遺物だろうからね。まだ君はお客さんの立場だし、あれこれ話したいこともあるしさ。しばらくは、ぼくらと一緒にご飯を食べよう」

「そうだね」

夕食の時間になったら呼びにくるよ、と笑ってくれるルーメンの気遣いは嬉しい。食料をどうやって用意するかの問題もあるので、当面はありがたく招待を受けよう。

「でも、使い方を教えてほしいな。ここで生きていくなら、必要だろう？」

「……そうだね」

元の世界に戻らぬことを前提の願いに、ルーメンは物言いたげな瞳でうなずいた。気づかないふりをして、話題を変える。

「僕の兄さんには、君の兄さんが説明してるんだよね」

イルメールのための家は、この家とルーメンたちの住まいを挟んで対角線上に用意されていた。もっと近い場所にも客人用の住まいはあり、そちらのほうがいいとイルメールは主張したが、ネブラとルーメンは譲らなかった。エミリオも、離れていたほうがありがたいと言い添えた結果、イルメールは眉をひそめて主張を引っ込めたのだ。

「うん。とりあえず、おとなしく言うことを聞いているみたいだね。最大の武器を取り上げられた状態だし、ここのことも分からないから、まずは様子を見ようとしてるんだろうけど。頭はいい人なんだよね、イルメールって」

「……本当にね」

「ドミニオン」の統率者に求められる資質は完璧に備えているのだ。そこにオメガへの理解や、ましては愛など含まれていないことは、同じ教育を受けたエミリオが一番よく知っている。

「大丈夫だよ。ネブラの抑制はこの世界にいる限り効果がある。ぼくらの目が届かない場所に行ったとしても、獣の力を振るわれたりはしないから安心して」

　ネブラとルーメンは創世されて間もない世界の管理者である。いつまでも客人にかかりきりではいられないのだ。数日間は見回りがてら、付近の案内をしてくれると聞いていたが、常に側にいるとは限らない。

　イルメールがいきなり「説得」に来たとしても、庇ってくれるとは限らないのだ。とはいえ、一番危険な武器は封じた状態であると教えてくれたルーメンは申しわけなさそうにした。

「でも、暴言については、どうにもできないや。ごめんね」

「いいよ。慣れてるし」

　そもそも向こうには「暴言」のつもりなどないのだろう。完全に封じるためには舌でも抜かねばなるまい。イルメールは帰り、これまでどおりに「ドミニオン」を率いなければならないのだから、そういうわけにもいくまい。

「君は本当に、諦めてしまっているんだね。無理もないけれど」

　悲しそうにルーメンがつぶやく。シンプルな言葉に込められた深い理解は、彼の立場と能力を裏づけるものだった。

「……君は本当に、神様なんだね。僕らのこと、全部知ってるんだ」

　義兄を愛したことも、気持ちが通じないまま体だけを重ねてきたことも、妊娠したことも、堕胎させられたことも、秘密にしたかったこと全て、神様にはなんでもお見通し。

「気持ち悪い？」

ストレートに問い返されて、一瞬返す言葉に詰まった。そっと耳朶《じだ》に触れる。

「……ちょっとだけ。でも、監視されるのも、慣れているからね」

まだつけっぱなしのピアスを外し、ごみ箱に放り投げた。壊れてはいないようだが、元のシステムと隔絶された状態だ。つけていても意味はないだろう。

外しても意味はないのだが、体が少し軽くなった気がした。ほんのりと微笑むエミリオの顔をルーメンは下から覗き込んで、

「全部知っていないと、君たちを助けることができなかったからね。でも、一方的にぼくらだけが君たちのことを知っているのは悪いと思うから教えてあげる。ぼくとネブラ、運命のつがいなんだ。毎日セックスもしてるよ」

今度こそエミリオは絶句した。条件反射でいつもの愛想笑いが顔を出したが、ルーメンは冗談を言っている様子ではない。冗談にしていいことでもないだろう。

運命のつがい。それはつがいの最上級であり、アルファとオメガを一対一で結びつける強固な絆《きずな》を示す。ただのつがいと違ってアルファの都合で解除することはできず、一目会ったその時から二人を繋げ、終生変わらぬ幸福を与えてくれるのだとか。

もっともオメガを根絶やしにした、と誇る世界で生きてきたエミリオにとっては、古《いにしえ》

より伝わるおとぎ話に過ぎない。だがここは古の世界、神と獣が人に混じって生きる時代なのだ。

「いや……、そ、そうか。神話では、よくある話だし……」

運命のつがいというだけでも信じがたいのに、実の兄弟だ。そつのない態度を得意とするエミリオも、ついしどろもどろになってしまう。

「このあたりも、君たちの時代の倫理感に引っかかって、歪《ゆが》められちゃったみたいだねぇ。君たちの染色体が近親間の交わりによって異常を来しやすいのは事実なんだけど。親子や兄弟という力関係が、セックスの強要に繋がりやすいのもね」

ぼくらの力不足かな、と苦笑いを零し、ルーメンはコテージの外を取り囲むテラスへと出た。陽光を受け、銀の髪と瞳がきらきらとまぶしく輝く。アルファぶっていた時ならば、礼儀として声をかけねばと思うほどに彼は美しい。

「だから、知識だけじゃなく、実感としてきみの気持ちは分かるつもりだよ。そもそも、ぼくらに隠し事は無駄。そういうものと諦めて、仲良くしてね、エミリオ！」

ばいばいと可愛《かわい》らしく手を振ってルーメンは去っていった。あっけらかんとした押しつけがましさにエミリオも苦笑を誘われ、ばいばいと手を振り返す。ルーメンに声をかけるなら、あの怖い兄さんの怒りも覚悟しないといけないんだろうな、と思った瞬間だった。

「だけど、君の兄さんについては、まだ一応改善の余地があると思うよ」

去り際の一言には真顔になってしまったが、言い返す暇もなく、ルーメンの背は遠ざかっていった。取り残されたエミリオは、ため息をつきながら漫然とテラスの手摺《てす》りにもたれかかる。

「空が、きれいだな」

見上げた春の空は高い。こんなふうに、ただ空を見上げるのも久しぶりだ。

「きれいなところだ、ここは。平和で、穏やかで……」

「ドミニオン」の本部とその敷地内に作られた職員用の住居を行き来するような暮らしを何年も続けていた。最新鋭のシステムを集めて作られたそこは、全てが厳格なルールに則《のっと》って運営されている。そこで生きる人々も、システムの一部のように働くことを余儀なくされていた。

休暇の際にはアルバと似たようなリゾートへ出かけることもあったが、兄と二人である。行動は常に監視されているのだから、第三者がいない分気を抜けない。何かの拍子に犯される可能性まで加わった後は、余計につらい時間となった。

それでもイルメールと休暇を過ごしたいと思っていた。自然に近い暮らしがオメガの身に馴染《なじ》むのは元より、兄が他の誰かと出かけるのを、指をくわえて見ているよりはマシだからだ。

いずれイルメールは妻子を得て、良き夫、良き父であることを示すため、休暇は彼女たちのものになる。取り残されたエミリオは、うずく心と体を抱えてひとりぼっち。それどころか日頃の行いが祟《たた》って、一線を越えることを望む女性たちに押し切られ、望まぬバカンスに出る羽目になるかもしれない。

「エミリオ」

追憶を聞き慣れた声が破る。雑草を踏み締め、目の前にイルメールが立っていた。アースカラーで染められた光景に、漆黒の制服はひどく浮いている。そもそも彼は、あまり青空が似合う男ではないのだ。

と、アイスブルーの瞳が何かを察知して強く光った。

「お前、その服は。ピアスもどうした」

エミリオは病人着からルーメンと似たような貫頭衣に着替えていた。兄と違って制服姿で飛び降りたのではないから、借りるしかなかったのだ。

「服はとにかく、ピアスは見て気づくってことは、やっぱり動作してないんだね、あれ」

目敏《めざと》い指摘に首を竦める。それだけですんだ。元の世界で同じ指摘をされたなら、真っ青になって身を縮めていただろうが、今となってはどうでもいい。

「なら、捨てたっていいでしょ？　どうせ、もう必要ない」

無駄なことだと分かっているはずだ。事実、イルメールはそれ以上の追及をしてこなかった。かといって立ち去ることもせず、無言でこちらを見ている。

「何しに来たのさ、兄さん。引っ越しのご挨拶？　お土産《みやげ》だけもらおうかな」

いつもの軽口を意識して、手を差し出す真似をしてやる。もちろんイルメールは乗ってこなかった。

「……引っ越しではない。私もお前も、帰るんだ」

「僕は帰らないよ。ずっとここで暮らす。帰るのは兄さんだけだ」

先程とほぼ同じ問答が繰り返された。今度こそ、いろいろな意味で手が出るのでは、と予測していたが、無理にコテージへ入ってくる様子もなく、イルメールは言った。

「話し合いたい」

ネブラの姿は見えないが、ルーメンの言うように抑制を受けているのだろう。そのためか、比較的穏当な提案であったが、エミリオが望む内容ではないと知っている。

「話し合うっていうのは、双方に相手の言い分を聞いて譲歩する意思がある時だけ使う言葉だよ。兄さんは自分の意見に従わせたいだけだろう？」

話し合いたい、なんて言い出すなど、これまでから考えれば信じられないほどの譲歩だ。それでも及第点からはほど遠い。十点が二十点になっても落第は落第だ。

「今の僕も、兄さんに譲歩するつもりはないよ。答えは出てる」

話し合いとは、答えを出すためのものだろう。すでに答えがあるのなら必要ない。

取りつく島もない態度を続けていると、いかに冷静な兄とはいえ、苛立ちを覚えたようである。声音が怒りを帯びた。

「何がそんなに嫌なんだ」

「何も嫌なはずがない、と思ってるところ」

自分たちの関係を、弟も心から納得していると信じきっているところだ。エミリオもその片棒を担いできたことは否定しない。だからこそ、過ちを訂正するチャンスを逃す気はない。

「スティービーの兄妹の件が事の発端か」

前触れなく持ち出された名前に胸が締めつけられる。

「お前はあの二人の件に妙に執着していたからな。奴らと関わってから、お前はおかしくなった」

「……そうだね」

兄の歪な勘の良さを舐《な》めていたことを反省する。自分たちの関係についての反省は一切ないが、エミリオの変化には敏感なのだ。変化したことにだけ敏感で、肝心の内容への理解は薄いようだが。

「僕は、彼らが羨《うらや》ましかった。彼らに、幸せに添い遂げてほしかった」

高名なアルファ一族に生じたオメガと、それに惹《ひ》かれたアルファ。自分たちと近しい二人の存在が、道化の仮面の下に封じてきた心を揺り動かしたのだ。

「一応言っておくけどさ。ミゲルの仕掛けた罠《わな》に引っかかって、まんまと発情した僕も僕だけど、僕のフェロモンに引っかかって僕を犯したのは兄さんだよ」

それについては認めざるを得ないのだろう。イルメールは少しばかり悔しそうにした。

「……あれは、失態だったと思っている。だが犯したわけではない。あの時はお前も、私に抱かれることを望んでいた」

つくづくと、兄の勘の良さを舐めていたと悟る。腹の底に火が入ったかのように真っ赤に燃えた。

「──あれに味を占めて、何度も僕を抱いてきたのは、僕も望んでいたから？」

「味を占めたわけでは……」

「そう」

みなまで言わせず、エミリオは薄く笑った。怒りで熱く煮えた腸《はらわた》は冷たく凍《い》てついて、いまや鋼の硬度を得ている。無神経な言葉の刃で何度斬《き》りつけられようが、もう二度と心まで届くことはないだろう。

「兄さんは、本当に頭がいいね。そのとおりだ」

吐き気がするほどに。

「僕は兄さんが好きだったから、抱いてもらえて嬉しかったよ。オメガだからね」

命の恩人であり、誰よりも強く美しく正しいアルファ。浅ましくも悲しい宿命に縛られたオメガの身では、彼に惹かれたのは当然だ。

しかし、創世間もないこの世界では、オメガはそんな宿命を背負っていない。自由なのだ。

「でも、もう好きじゃないんだ。だから一緒には帰らない。さよなら」

恩を、想いを食い物にされてきたと分かった。自分だけならまだしも、兄は自分たちの間に生じた命まで踏みにじったのだ。それでも愛を貫けるほど、エミリオは純真ではなかった。

「夕食はいらない。ルーメンたちに、そう伝えておいて。ここにはメッセージを即座にやり取りするようなシステムはないからね。なにせ彼らは神様だから、分かるかもしれないけど」

言い置いて背を向ける。背後から襲いかかられることも覚悟していたが、そんな気配はなかった。ただじっと、うなじのあたりに注がれるイルメールの視線を感じていた。


ミゲルとメイビスは、ウルヴァンほどではないにせよ、かなり名の通ったアルファ一族であるスティービー家に生まれた兄妹だった。当然ながら、二人ともアルファだ。世間にはそう思われていた。

だが妹のメイビスは生まれつき体が弱く、親の名前で入学を許された名門校には籍を置いてあるだけ。社交の場にもほとんど顔を出さず、スティービーに娘が存在することを知る者は年々少なくなっていた。

「体が弱いって、偽装アルファのあるあるなんだよねぇ」

先行させていた部下の手引きを受け、単独で忍んできたエミリオの前で、メイビスはがたがたと身を震わせていた。長い黒髪に埋もれそうな顔は色を失っている。日陰にひっそりと咲く花のような、儚《はかな》い美しさを持つ少女だった。

「小さな子供の頃ならとにかく、思春期に入って発情期が始まってしまうと、抑制剤を飲んでいても性別を隠すことが難しくなる。ならば最初から、人前に出す機会を削っておくのがベストだ」

言いながら、豪華だが一切窓のない、牢獄《ろうごく》じみた室内を見回す。スティービー家の屋敷の建築図からも削除されていたこの部屋は、オメガとして生まれてしまった娘のために両親が用意した鳥籠《とりかご》だった。

「君はまだラッキーだよ。生まれてすぐに殺されてしまうオメガも多いんだ。ご両親が君を守ろうとしていたことは間違いない。僕も、君みたいな可愛い子は、守ってあげたかったな」

サイレンサーつきオートマチックを突きつけながら、ふざけたウインクを飛ばす。メイビスは紙のように白くなった顔を床に伏せた。悲鳴も上げられない様子だ。

どのみち、悲鳴を上げたところで誰も来ない。両親は「ドミニオン」の指示で適当な会議の席に足止めしてある。兄であり、スティービーを継ぐ日も近いと噂のミゲルも同様だ。

「メイビス！」

ところが、予想に反してミゲルが突然乱入してきた。数秒遅れて「副官、申しわけありません、スティービーの息子がこちらの動きに気づいたようです」との報告が入ったが遅い。

秘密裏に全てを片づけるため、単独でメイビスを殺害しようとしたことが仇《あだ》になってしまったようだ。一度屋敷まで帰ってきてしまえば、ミゲルを足止めする者はいなかった。

「『ドミニオン』の長官……!?」

妹とは正反対の、アルファらしい雄々しさに満ちたミゲルの美貌《びぼう》が驚愕に歪む。

「……それは僕の兄さんだよ。間違われるのは慣れているけど、僕が相手でよかったね。兄さんに向かってそんなことを言ったら、ただではすまないよ？」

オートマチックを下げぬまま、やれやれと肩を竦める。同時にミゲルとその周辺を観察していた。

手勢を連れてくる暇がなかったのか、妹の件を迂闊《うかつ》な人間に知らせることができないからか分からないが、現状は彼一人だ。高位のアルファ相手とはいえ、ミゲルは主に政治の分野に才能を振り分けているタイプ。一対一、おまけに足手まといの妹がいることを加味すれば、制圧は可能だろう。

「とはいえ、今回は僕もただですませるわけにはいかないけれど。もちろん、兄さんと間違えたことを根に持ってるわけじゃないよ？」

ミゲル、そしてメイビスに突きつけられる罪状とその結末は分かっているはずだ。冗談めかした軽口に、ミゲルは切羽詰まったまなざしで応じた。

「見逃してくれ」

「できるわけがないだろう。君も知ってのとおり、これが僕ら『ドミニオン』の仕事なんだ」

一定以上の地位を持つアルファであれば、「ドミニオン」が何をしている組織なのか理解している。だからこそ、彼は自分を見て顔面蒼白《そうはく》になったのだ。妹の運命を悟ったからだ。

「何が望みだ。俺にできることなら、なんでも」

「軽く見られがちだけど、僕はこれでも、あのイルメール長官閣下の副官だよ？　そもそも僕だってウルヴァンの一族だ。僕が求めて叶わぬものを、君が用意できるのかい？」

取り引き材料などないだろう。そう匂わせると、ミゲルは絶望に奥歯を嚙み締める。

「第一、君だって僕の兄さんの恐ろしさはよく知っているだろう。あの人を裏切るなんて、できるはずがない」

イルメールの名は冬の雷《いかずち》に似た畏怖《いふ》を人の心に呼び覚ます。彼はこの世界を支配する、アルファ絶対主義を体現する存在だ。その意に逆らえば、最悪スティービー一族そのものが叩き潰《つぶ》されることになる。

「しかし……」

「兄様、もうやめて」

なおも食い下がろうとするミゲルに、たまりかねた様子でメイビスが細い声を絞り出した。

「もう限界です。『ドミニオン』に見つかってしまったら、おしまい」

「大丈夫だ、メイビス。俺がなんとかする。お前だけでも、必ず助けてやる！」

アルファらしい胆力を発揮し、抵抗の姿勢を崩さない兄にメイビスは小さな声でつけ加えた。

「それに、兄様、結婚されるのでしょう……？」

「！　お前、どうして……」

イルメールの名を出されても強がっていたミゲルが絶句した。何かを諦めた顔で、メイビスは悲しく微笑む。

「この間、お父様とお母様が話しているのを聞きました。……多分、わざと私に聞かせたのだと思います」

「そうだね。君もいい年だし、相手探しが始まっている」

二人のやり取りに痛む胸を隠し、エミリオは空気を読まない調子で割って入った。

「そのためにスティービー家身辺の調査が始まり、存在さえ疑われ始めていた妹君にまで僕らの手が伸びたのさ。君の相手になれるのは、名家のアルファの女性だけだからね」

婚儀による結びつきは強固な絆を生み出す反面、運命共同体となって互いの不始末の余波を受ける可能性も生み出す。結婚相手とその周辺に地雷が埋まっていないか、確認するのは当然の話だ。

イルメールには、まだ結婚の話は出ていない。ただし時間の問題であることは分かっている。父より継いだ「ドミニオン」を自分のカラーに染め直す作業が終わったら、当然の義務としてふさわしい女性を求めるだろう。

エミリオは結婚できないから、なおさらだ。そのため、逆に軽薄な遊び人として浮名を流し、唯一の相手など必要ないというアピールに努めている。誰にも、特に本当に恋する相手には決してベッドでの姿など見せられないから、そうするしかない。

「……結婚の話が出ているのは事実だ」

物思いに沈んでいたエミリオを、ミゲルの腹を括《くく》った声が現実に引き戻した。

「だが、分かっているだろう。俺にはお前しかいない！」

「兄様!?」

メイビスが声を上ずらせる。エミリオも思わず目を見張るなか、ミゲルは構わず妹を抱き寄せた。オートマチックの銃口の前に、アルファの貴重な肉体を盾として差し出しながら、

「副官殿。あなたは先程、あなたが求めて叶わぬものを、俺が用意できるかと言ったな。それがこれだ。俺には愛するつがいがいる。世界中を敵に回しても、決して手放せない愛がある！」

「……兄様……」

兄の腕の中、メイビスは戸惑《とまど》いつつも白い頬を喜びに染めている。彼らの間にある愛がどういう種類のものかは一目瞭然《いちもくりょうぜん》だった。

血を分けた愛しい妹、だけではない。ミゲルがメイビスを懸命に庇う理由を聞いて、エミリオは口の中が干上がるのを感じていた。必死に唾《つば》を飲み込み、平静を装って切り返す。

「……実の妹……それも、オメガだよ？　君は、フェロモンに惑わされているだけで」

「あなたの家には劣るが、我が家もそれなりの血筋なんでな。オメガについての教育は受けている。……愛玩用のオメガを置いている店にも、接待で何度か連れて行かれたことがあるしな」

「ドミニオン」が摘発したオメガの一部を流しているような店だ。人権を剝奪《はくだつ》され、人格

がすり切れるまでアルファの慰みものとして使い潰される、オメガの流刑地。恨まれてるし、僕は金で買わなくても手に入るからねとごまかして、一度も行ったことのない場所。

「だからこそ分かる。俺はただ、メイビスのフェロモンに惑っているわけではない。なあ副官殿、欲望を遂げるだけの相手なら、お互い望まずとも手に入れられる身だろう。奪うだけではなく、俺の全てを与えたいと願う相手は、メイビスだけだ」

こちらは必死になって平静であろうとしているのに、完全に開き直ったミゲルは次から次へと信じがたい事実を投げつけてくる。目眩《めまい》を覚えるエミリオであったが、その口元にはいつしか、微笑みが浮かんでいた。

「そうか。君と彼女は、本当につがいなんだな」

いつも口元に貼《は》りつけているものではない。抑えきれない喜びから生じた笑みに導かれるまま、エミリオはうなずいた。

「分かった」

「……なに？」

銃をしまうエミリオを見て、ミゲルは変なふうに口の端を曲げた。眼前の光景がにわかには信じられない様子だ。

「自分で持ちかけておいて、失礼だなぁ。分かったたって言ったのさ。――いいよ。あらゆる意味で許されない君たちの愛が、どこまで通用するのか、見てみたくなっちゃったんだ。

それじゃ、理由にならないかな？」

　エミリオの指摘どおり、自ら言い出しておきながら、呑んでもらえるとは思っていなかったのだろう。呆《ほう》けたような反応を示すミゲルの腕の中で、メイビスの表情が険しくなった。

「本気なんですか。あなたは、あのウルヴァン長官の副官で、弟なんでしょう？」

　知らず握り締めた指先が白くなっている。隠れオメガ最大の敵を前にして、それでも彼女を駆り立てるのは、譲れない愛だった。

「もし、兄様を傷つけるような結果になったなら……私は、一生あなたを許さないから！」

　勇ましい言葉を小刻みに震える肩が裏切っている。愛するアルファのために硝子《ガラス》の剣を振りかざすオメガ。エミリオのあごにも届かない小さな体で、必死に虚勢を張っている。

　その姿に、悲しみよりもまぶしさを感じた。兄妹で愛し合う二人に、自分たちを重ねずにはいられなかった。

「本気だよ。――だって、君と同じで、僕も体が弱いんだ」

　それを聞いた瞬間、メイビスは兄のつがい宣言を聞いた時よりもあ然とした顔になった。

「あなた、まさか……、あなたも！」

「ストップ。それ以上は野暮ってものだよ」

笑って、もう一度ウインクを飛ばす。

「上層部には僕がうまく報告する。だが、『ドミニオン』を、いや、僕の兄を甘く見ないほうがいい。せいぜい時間稼ぎにしかならないだろう」

「……分かっている。妹は病気療養のため、よその大陸へ行くということにしよう。俺と両親はつき添いを務め、そのまま戻らない」

呆然《ぼうぜん》自失状態から立ち直ればミゲルは優秀なアルファだ。大いなる秘密を共有したことでエミリオを信用したのだろう。すぐに次の手を考え始めた。

息子に結婚話を持ってくるぐらいだ。両親は二人の仲を知らないか、知っていていい顔をしていないのだろう。だがこうなってしまえば、「ドミニオン」にバレた可能性を伝え、一か八か一緒に逃げるしかない。

「大丈夫だ、メイビス。楽な暮らしはさせてやれないかもしれないが……」

「平気です、兄様。兄様がいてくれれば、私はそれで……！」

瞳を潤ませたメイビスが兄に抱きついた。ただ一つの愛のため、崖《がけ》の縁に立つ恋人たち。危険な賭《かけ》だと分かっていたが、報われぬ愛を抱え続けて気づけば十五年近くが過ぎていた。奇跡を願わずにはいられなかった。

「最悪の結果に終わったけどね……」

コテージの天井をぼんやりと見上げながら、エミリオは気怠くつぶやいた。悪夢の残滓《ざんし》を振り払うように、寝乱れた頭を軽く振る。

イルメールが伝えてくれたのかどうか知らないが、ルーメンたちが呼びにきた様子はない。いつしか訪れた夜のせいで室内は暗かった。日没に反応するような照明器具はもちろん、照明器具自体が見当たらない。

「いや、もしかして、これかな？」

よく見ると、ベッドサイドに年代物の燭台《しょくだい》が置いてあるのが分かった。点火に使うためと思《おぼ》しき火打ち石もセットされているが、幸いに見事な星明かりが窓の外から降り注いでいる。本を読むのでもなければ、火つけに四苦八苦する必要はなさそうだった。

誘われるように外へ出て、昼間と同じようにテラスの手摺りにもたれかかる。少し離れた場所に見える大きな黒い影はルーメンたちの住む家だ。

「……セックスしてるのかな」

我ながら最悪の想像だが、創世の兄弟の仲は良好かつオープンな様子だ。そこまで下世話な想像ではあるまい。

少なくとも、自分たちのようなものではないだろう。ルーメンの兄への態度は輝きに満ちている。ネブラも同様だ。尊敬と愛情が、二人の間を循環している。

エミリオは無言で上を向いた。見上げた星空の輝きに耐えかねて目をつぶっても、清浄な光は透明な槍《やり》となって眼球を突き刺してくるようだった。

その情け容赦のなさは、どこか兄に似ている。

ミゲルとメイビス。彼らも、ここへ逃げてこられたらよかったのに。

「エミリオ」

ぎょっと目を見開いた瞬間、足がもつれて転びそうになってしまった。修練で身に着けた身体能力によって体勢を立て直し、声がしたほうを見やる。

「な……なに、兄さん」

テラスの向こうからイルメールが近づいてくる。その手には何やら包みが握られていた。

「食え」

まだ、夢が覚めていないのだろうか。当惑するエミリオにイルメールは説明をつけ加えた。

「お前は病み上がりだ。眠るだけでは体力の回復ができない。食え。毒味はすませてある」

病み上がり、という言葉のチョイスが心を濁らせるのを感じた。妊娠は病気ではない。飛び降りのほうを示しているのなら、誰のせいだと思っているのか。

「……さっき、手土産を寄越せって言ったから？」

「そうじゃない」

「……だよね」

そんな気の利いた真似をしてくれる男ではない。本人ごと叩き返してやることもできたが、冗談の通じない態度に毒気を抜かれたエミリオは、素直に食事を受け取った。

「帰る気になったか」

間髪《かんはつ》を容《い》れずの問いかけに、苦笑を堪《こら》えて首を振る。

「ちっとも」

「そうか」

餌《え》づけを期待していたようではなさそうだ。本当に食べたほうがいいと思って持ってきたのだろう。相変わらず残酷だな、と考えていると、

「明日の朝、お前にその気があればだが、双子神たちと朝食を共にした後、アルバの中の案内を受けようと思う。どうだ」

アルファとオメガである上に、獣人と人という実像を知ってなお、イルメールは彼らを「双子神」と呼ぶ。あくまで自らが信奉してきたイメージを守りたい様子だが、「お前さえその気があれば」などという言葉を兄が使えるとは思わなかった。少しばかり動揺してしまったが、その手には乗らない。

「そう、だね。兄さんと別々になら、考えてもいいかも?」

「……そうか」

暗闇《くらやみ》の中、兄もまた動揺したように見えたのは、きっと気のせいだったに違いない。分かっていたが、どのみちエミリオには冗談を取り下げる必要があった。

「嘘だよ、そんなのルーメンたちが面倒なだけだもの。全部、兄さんと一緒でいいよ」

忙しい恩人に二度手間をかけさせるわけにはいかないだろう。兄だってそれは分かっているはずだ。訂正を聞いたイルメールは一つうなずくと、そのまま自分のコテージに戻っていった。

イルメールが持ってきてくれた食事は素朴だがおいしかった。ぐっすりと眠り、迎えた翌日の朝、エミリオは井戸から組み上げた水で身だしなみを整えてルーメンたちの家に向かった。

「おはようございます、エミリオ」

「エミリオ、おはよー！」

「おはよう、ネブラ、ルーメン」

出迎えてくれた二人に笑顔で挨拶をする。

「おはよう」

「……おはよう、兄さん」

兄さんとは、さっき迎えにきてくれた時に挨拶したよね……？　と思いながら、とりもなおさず食堂に入った。昨日《きのう》のサンルームは会議などに使われる場所であるらしく、朝食の場として案内されたのは別の部屋だったが、こちらも窓が大きく風と陽光が心地よい。

やはりオメガには、こういう生活が肌に合うのだ。爽《さわ》やかな気分で食卓につき、パンとチーズとミルクという朝食をいただいた。加工はないが、いずれも作りたてで、十分に美味だった。

「昨夜《ゆうべ》はよく眠れたみたいだね。足りないものとか、知りたいことがあったら言ってね」

顔色のよくなったエミリオに、ルーメンは優しく声をかけてくれた。

「そうだね。でも……」

やっぱり火の点《つ》け方は一度習っておきたい、という質問に躊躇《ちゅうちょ》を覚える。大層フレンドリーとはいえ、彼らは神様だ。生活に必要なことを細々と聞いてもいいのだろうか。

「ああ、そうだ。申し遅れましたが、今日は彼らも一緒です」

エミリオの葛藤《かっとう》を読み取ったように、ネブラが食後の茶を飲んでいた手を休めて切り出した。彼の合図を受けて、二つの大きな人影が入室してくる。

「よろしくー！　ギルバートでーす!!」

「……どうも、オリバーと申します」

鮮やかな陽光に金色のたてがみを煌《きら》めかせ、陽気に挨拶するのはライオンの獣人。彼とは対照的に言葉少ななのは、艶やかな短い被毛を持った黒豹《くろひょう》の獣人だった。

「ギルバートとオリバー。二人とも、とっても優秀なんだよ」

ルーメンが早速二人の紹介を始める。

「昨日言ったように、僕らは忙しいから。案内の途中で抜けないといけなくなるかもしれないからね。ここで暮らすなら、僕ら以外の住民とも仲良くなったほうがいいだろうし」

「彼らは、アルファ……？」

ネブラ同様、獣人なのだからそうだろう。何より印象は正反対なれど、共に強く鮮やかなその存在感は、他の性別は持ち得ないものだ。

「うん。でないと、何かあった時に君たちを守れないし、イルメールを止められないからね！」

あっけらかんとルーメンは言い放った。どうやら二人は、外敵はもちろん、身近な脅威にも対処するためのお目付役のようだ。堂々たる宣言にエミリオは内心青くなったが、イルメールはルーメンではなく彼の兄へと視線を向けた。

「神のお膝元であるこの街で、護衛が必要な事態があるのか」

「残念ながら。若いこの世界は、血の気が多いですからね」

ネブラもあっさりと、イルメールの非難を肯定する。

「だからといって、あなた方がしてきたように過度に抑えつけても、結局は歪みが生じてしまうことはご存じでしょう。何事も程々が一番ですよ」

「ドミニオン」その他、各大陸の治安維持部隊の活躍により、エミリオたちの暮らす時代は表向きの平和は保たれている。しかし何よりも治安第一の方針によって極度に抑制されたせいか、人口は減少の一途を辿っていた。

それは長きに亙《わた》り、「繁殖の性」を狩ってきたせいだ。神話再生主義はそのスローガンを掲げ、デモや集会を続けてきた。そのたびに治安維持部隊が出動して収めてきたが、強硬な姿勢への反発は強くなる一方。アルファの中にも賛同者は増えており、大きな社会問題へとなりつつあった。

オメガの存在よりも頭を悩ませる問題を引き合いに出され、イルメールの視線が険を増す。だが、やはり今は分が悪いと思っているのだろうか。特に言い返すことはなく、何事か考え込んでいる様子だ。

「さて、ではそろそろ行きましょうか」

ネブラも嫌味をつけ足すことなく席を立つ。緊張を覚えていたエミリオはほっと息を吐きながら、全員揃って食堂を後にした。

ルーメンたちの暮らす敷地を離れ、土埃《つちぼこり》舞う道を歩き出したエミリオたちは、たちまち物珍しげな視線に囲まれた。創世神もフレンドリーだが、この世界の人々もあまり遠慮というものを知らない様子だ。

「ネブラ様、そちらはお客様で？　オメガの方ですよね」

エミリオの顔をじっと見ながら聞いてきたのは、馬の顔を持った獣人だった。

「ええ、そうです。私とルーメンの大切なお客様ですから」

彼を含め、わらわらと寄ってきた他の獣人たちの瞳を順繰りに見つめて、一同を先導するネブラはそう言った。なんとなく不服そうな雰囲気を醸しつつ、獣人たちはエミリオの側から離れていった。

「僕、もしかするとフェロモンを出してる……？」

オメガとしては背も高く、体を鍛えているエミリオである。ウルヴァン一族、「ドミニオン」の副官という先入観が働かない世界であるにせよ、ぱっと見ただけでオメガと看破されるとは思わなかった。

「そういうわけではありません。特に獣人の姿をしたアルファは、感覚が鋭いのですよ」

特に、つがいをまだ持たぬ若い者は。ため息交じりにつけ加えたネブラをイルメールが睨《にら》みつける。そんな彼にも近づいてくる者がいた。

「君、変わった格好だね。アルファ？」

話しかけてきたのは、いかにも物怖《ものお》じしなさそうな年若い少年だ。どこか年齢にそぐわぬ甘い色香を感じさせる美貌は、オメガ特有のものである。

「……そうだが」

イルメールも相手の性別に気づいた様子だ。条件反射で眉間にしわを寄せたが、ここはオメガが狩られるどころか珍重される場所。「ドミニオン」長官の態度はやめて、ただ無愛想に突き放した。

「あれ、もうつがい持ち？　素っ気ないね」

「お前に興味がないだけだ」

絡まれても話に乗らず、視線すら合わせない。いつもの兄と比べれば相当に寛容な態度だが、ここでは奇異に映るようだ。袖《そで》にされたオメガはふくれっ面で去っていった。

「もめ事を起こさずにいてくれて感謝します、イルメール」

及第点の対応を褒めてくれたネブラを含め、イルメールの視線は道行く獣人たちに注がれている。

「獣人はほぼアルファのようだな」

「お察しのとおりです。私の素養が濃ければ濃いほど、アルファになりやすいですからね。例外もいますが、獣人の姿を持つ者は、ほぼアルファだと思ってもらって差し支えないでしょう」

丁度良い機会だと思ったのだろう。ネブラは続けて説明を始めた。

「人口比はあなた方の時代と変わりません。アルファが一割、オメガが一割、ベータが八割。ベータとオメガは、あなた方には少し見分けがつきにくいかもしれませんね」

ネブラの素養が濃ければアルファ、ということは、人型であるルーメンの素養が濃ければオメガになるのだろう。ただしベータも人型なので、アルファほど分かりやすくはない。

「大体は分かる。オメガは、美しいからな」

意外な言葉にエミリオは少し驚いた。兄がオメガに対し、「美しい」という感想を抱いているとは思わなかったのだ。もめ事を起こさないように言葉を選んだだけかもしれないが。

「そうですね。中でもルーメン、あなたが一番です」

微笑んだ、のだろう。ちらりと牙を覗かせてネブラが言うと、その腕に嬉しそうな顔をしたルーメンが絡みつく。

「だよね！　そしてネブラは、アルファの中で一番かっこいい!!」

臆面《おくめん》もなく互いを褒め合う兄弟のつがい。まぶしさと距離を感じたが、慣れていくしかないな、と思い直したエミリオは、いつものように調子を合わせた。

「そうだね。ルーメンは、とっても可愛い」

「ありがと！　エミリオも可愛いよ!!　ねー、イルメール」

先のオメガよりもっと恐い物知らずのルーメンが、よりによってイルメール相手に爆弾を投げつけた。案の定、イルメールはきれいに彼の言葉を無視したが、エミリオには分かった。兄は気分を害した。

「ぼ……、僕と兄さんは、ほら、ほとんど同じ顔だから。可愛いとか、そういうのはちょっと……」

冷や汗を覚えながら空気を変えようとしたエミリオの前に、出し抜けにギルバートが顔を突き出した。

「エミリオさん、俺もネブラ様には負けるけど、かっこいいと思わない?」

「え? ええ……、と、そうだね。今はまだ、見慣れないけれど……」

いきなり何かと思ったが、この唐突さが場の流れを変えたのは確かだ。これ幸いとエミリオは話に乗った。

「うん。かっこいいと思うよ」

空気を変えたい気持ちが強かったが、まったくのお世辞ではない。春の日差しを透かし、金色に輝く獅子《しし》のたてがみはとても雄々しく美しい。僕ほどじゃないけどね、と、アルファぶっていた時のようにつけ加える気にもならないぐらいだった。

遊び人ぶるため、コナをかけてきた女性たちに対しても、誇張はあるがお世辞を言ったことはない。特にベータの女性は「優秀なアルファ」である自分に気に入られようと必死で、何よりもその努力が彼女たちを輝かせていた。残念ながらエミリオは「優秀なアルファ」ではないため、誰とも結ばれることはなかったが、せめてもの詫《わ》びとして同僚や部下を紹介するようにはしていた。

いっそ彼女たちの誰かを好きになれていれば、まだ幸せだっただろうに。少なくとも妊娠や堕胎という結果をもたらすことはなかったはずだ。苦い思いに囚《とら》われているエミリオに、ギルバートは熱心に話しかけ続ける。

「でしょー！　エミリオさんも、本当に可愛いですよね。お兄さんのほうとは、全然違う」

「褒めてもらえて嬉しいけれど、僕は正直、可愛くはないと思うよ。可愛いっていうのは、ルーメンみたいなタイプのことだろう？」

ありがたい話だが、可愛いと思われないように努力を重ねてきたのだ。せっかく話題が変わったのに、と苦笑するエミリオをそれとなく観察していたネブラが声をかけてきた。

「ギルバート、仕事中ですよ」

「いけね。はーい、ネブラ様」

オリバーにも軽く睨まれ、ギルバートはあっさり引き下がった。イルメールの機嫌もひとまずは下降が止まったようで、エミリオはほっとした。

　それから一時間ほどの間、エミリオたちはアルバの中をぐるりと一周する形で案内された。

　市場や公共施設の類も見せてもらったが、文明レベルはやはり高くない。建物は全て木と石でできており、電気もガスも通じていないようだ。

　だが全てがシステム化され、監視下に置かれたエミリオたちの時代と違い、道行く人々の表情は明るく生命力にあふれていた。

「大体見せ終わったかな」

　獣人たちが当たり前に闊歩《かっぽ》する光景にもようやく慣れてきた頃、ルーメンが来た道を振り返ってつぶやく。

「そうですね。では、一度戻りますか。それとも、このあたりでお茶でも……」

　一周回って戻ってきたので、ルーメンたちの住む家まではすぐだ。戻るか、茶を出す店の紹介も兼ねるか、思案し始めたネブラの耳がぴくりと動いた。ギルバートやオリバーも一斉に通りの向こうを見やる。

　数秒の間を置いて、エミリオたちにも喧噪《けんそう》が届き始めた。騒ぎを聞きつけた人々が走り出す。

「決闘だ!!」

どこかうきうきとした叫び声を上げ、群衆が集まっていくのは通りのど真ん中だ。熊と馬の顔をした獣人が、互いの額を擦《こす》りつけるような距離で睨み合っている。

「そいつには俺が先に目をつけたんだ！」

「ふざけるな、俺だ‼」

あの馬のほう、さっき僕に声をかけてきたアルファじゃないか。そう思いながら視線を巡らせたエミリオは、もう一人知った顔を見つけた。先程イルメールをナンパしようとしていたオメガが、興奮した獣人たちの様を、彼らと同じぐらい興奮した瞳で見守っている。

「ドミニオン」の仕事はオメガ狩りだけではなく、治安維持そのものだ。条件反射で止めなければ、と思ったが、どうも様子がおかしい。

いがみ合う獣人たちを誰も諫《いさ》めない。むしろ、思う存分やり合えるようにと、彼らの周りを丸く避けて人垣が作られている。逃げる様子もなく、野次馬は増える一方だった。

「あれは……？」

「ああ、オメガを賭けたアルファ同士の決闘ですね」

野次馬たち越しに状況を確認しながら、ネブラは事も無げに解説を始めた。

「まだつがいを持たないオメガを巡り、アルファ同士が戦うのです」

「……それって、オメガの意思には関係なくってこと？」

なら、止めるべきではないのか。ネブラによるアルファの力の抑制は、イルメール以外にも効くだろうに。

「ええ。ですが、オメガがアルファを気に入らなければ、我々の世界ではつがいにはなれません。単にアルファ同士の闘争心の発露で終わることも多いですね。あのオメガは争われるのを好むようですから、おそらくは勝者とつがうでしょうが」

ネブラの言うとおり、件《くだん》のオメガは「どっちもがんばってー！」とはしゃいだ声援を送っている。アルファたちも満更ではない様子で手を振り返しているぐらいだ。この決闘とやらは、本当に日常の光景なのだろう。

「娯楽が少ないからね。みんな大好きなんだよ、喧嘩《けんか》とセックス」

ネブラよりなおあっけらかんと、隣のルーメンが言い放った。

「大丈夫。どっちかが死ぬようなことがあれば、ぼくとネブラが止める。本気でここで暮らしていくつもりなら、こういうことにも慣れないとね、エミリオ」

その、どことなく含みのある言い方に少しむっとしてしまった。

「……大丈夫さ。下手なアルファより、暴力には慣れてる」

システムに支配された時代で生きているエミリオたちだ。身体能力に優れたアルファであっても、「ドミニオン」のような事実上の軍組織にでも属していなければ体を動かす機会は少ない。せいぜいがジムで肉体美を誇るぐらいである。

取っ組み合いの喧嘩などしようものなら、獣性を抑えきれぬ野蛮人だと軽蔑《けいべつ》されてしまうからだ。表面的な争いの芽が摘まれた結果、ネットワーク上でのいじめやハラスメントは横行しているが、その分実際に血が流れるようなことはない。

ルーメンの言うように、ここの雰囲気に慣れる絶好の機会だ。気を取り直して見つめるエミリオの前で、雄叫《おたけ》びを上げながら熊と馬がぶつかり合った。砂埃が舞い上がり、取り囲んだ野次馬たちがわっと湧き立つ。

本来、馬は臆病《おくびょう》な生き物だ。獣人であってもその気質は引き継いでいるはずだが、オメガを取り合うという本能がそれを凌駕《りょうが》しているのだろう。平たい歯を剥《む》き出しにし、鼻息を荒くしながら熊とがっぷり両手を組み合っている。

もちろん熊も負けてはいない。馬よりは手の作りが人間と近いせいか、全体の形が元の動物と近く、頑丈な爪が人化した馬の手にぎりぎりと食い込んでいる。馬のほうも蹄《ひづめ》の名残《なごり》と思しきものが指先の大半を覆っているので、あまり痛くなさそうではあるが。

このままでは埒《らち》が明かないと思ったのだろう。熊のほうがぱっと片手を離し、大きく振りかぶった。人間など一溜《ひとた》まりもない、圧倒的な攻撃の予備動作を目視した瞬間、エミリオは咄嗟に一歩進み出て、いつでも止めに入れるように構えを取った。

しかし、熊の選択は馬の狙《ねら》いどおりだった。強靭《きょうじん》な足に力がこもり、熊が腕を振り下ろす直前に渾身のタックルが決まる。重心が後ろにずれていた熊はたまらずに吹き飛ばされた。

「危ない！」

　このままでは野次馬を巻き込む。走り出したエミリオは、一歩反応が遅れていたベータらしき青年を抱え込んで横に飛んだ。

「あ、ありがとう、助かった」

「どういたしまして。でも、お礼を言うのは早いかな。まだ騒動は……うわっ⁉」

　尻餅《しりもち》を突きながら感謝を述べる青年に逃げるよう促していた矢先、エミリオの体が宙に浮いた。

「あれ、あんた……さっきのオメガじゃねえか」

　吹き飛ばしから立ち直った熊が、エミリオの片腕を軽々と摑んで引きずり上げたのだ。加減はしてくれているようだが、硬い爪先が皮膚に食い込む感触にぞっとする。

「俺の応援をしてくれてたのか？　嬉しいねえ」

「いや、別にどっちかの応援をしていたってわけじゃあ……」

　さっき助けた青年は悲鳴を上げて逃げていった。彼を含めた野次馬たちが一定の距離を取れるまでは時間を稼いだほうがいいだろう。そう思って曖昧な態度を続けるエミリオだったが、どのみち熊はエミリオの発言を聞いている様子がない。

「あんたのほうから俺を選んでくれたなら、ネブラ様だって文句ねえだろ」

「え、選んでないって！　やだなぁ、違うよ、僕はオメガはオメガだけど、全然可愛くないし……」

　勝手に進んでいく話に戸惑いながら、必死に可愛くないアピールをする。さっき争っていたオメガはどうしたのかと目をやると、めでたく勝者となった馬の獣人と抱き合って、早くもお熱いところを見せつけていた。

　その場限りの仲にせよ、どこかのスパイではないかと勘繰らねばならない世界で生きてきた身には考えられないスピード感だ。他人のスピードに驚いている間に、エミリオと熊の仲も一方的に進んでいく。

「いや、悪くないぜ。たまには毛色が違うのも面白いじゃねえか。男のオメガは頑丈さがウリだしな。なあ、つき合えよ」

「や、やだよ！　僕、本当にそういうのじゃ……」

　おおっぴらにオメガ扱いされるのさえ、まだ慣れていないのだ。どうすればいいものやらと考えていたエミリオの耳に熊の悲鳴が聞こえた。同時に、強い力で後ろに引っ張られる。

「兄さん……!?」

　覚えのある感触に驚愕しながら振り向くと、真後ろに兄の姿があった。エミリオを拘束していた熊の手首に一撃を食らわせ、その隙に弟を奪取したのだ。

「私の弟をオメガ扱いするな」

兄を見つめるエミリオを抱えたまま、イルメールは痛そうに腕を振っている熊を睨みつけている。変わらぬ態度に肝が冷えた。

「だめだ、兄さん！」

兄の強さはよく知っているが、獣の力あってこそだ。しかも相手は創世の時代、暴力を日常として生きる獣人アルファである。

「問題ない。ネブラの許可は得た」

「え、許可って……」

聞き返す言葉に、威嚇《いかく》を込めた胴間声が重なった。

「誰だてめぇ。妙な格好だが、こいつの兄貴か？」

イルメールはもちろん、「ドミニオン」の制服もここでは珍妙なものでしかないようである。

「引っ込みな色男。一応アルファじゃあるようだが、んなほっせー体で俺様と渡り合おうなんざ、百年はえーんだよ！」

牙を剝き出しにして叫ぶ熊を睨みつけたまま、イルメールはエミリオを己の背に庇った。アイスブルーの瞳が輝き、凶悪な力を解放する。

ネブラの許可、とは、つまり獣の力の解放の許可か。ほっとしたエミリオであるが、次の瞬間、突風めいた力の波動を食らってよろけてしまった。

さっき馬に叩き込めなかった分の怒りも込めて、熊が腕を振り下ろしたのだ。無論イルメールも獣の腕力で受け止めはしたが、怒れる獣人の膂力は凄《すさ》まじい。イルメールも、かすかに歯を食い締めている。

「くそ、やるじゃねーか……なら、こいつはどうだ!!」

熊のほうもイルメールを侮っていたようだ。続けざまのもう一撃で胴を薙《な》ぎ払おうと狙ってきた。イルメールはこれも受け止めたが、力を殺しきれず、ぐっ、とうなり声を上げた。

そこを熊は見逃さない。繰り出された追撃を、イルメールはかろうじて避けたが、獣の爪は誇り高い制服を切り裂いていった。血が飛び散る。

だが、熊のほうも動揺が激しかったようだ。彼の攻撃はイルメールだけではなく、肝心の獲物にまで及んだ。

「あっ……!?」

イルメールの血に濡れた爪先が迫ってくる。「怪力」を解放した兄で互角の相手だ。急所だけは外すよう、身を捻《ひね》ったので精一杯だった。

何かが体にぶつかって跳ね飛ばされ、もうもうと砂埃が舞い上がる。痛みに顔をしかめながら身を起こしたエミリオは、ぶつけた以上の苦痛を感じないことに気づいた。あの爪で切り裂かれたなら、こんな程度ではすまないはずだ。

「大丈夫ですか」

声をかけてきたのは、エミリオを庇うように立ったオリバーだった。

「え、ええ……」

どうやら、彼が助けてくれたようだ。そう認識した直後、オリバーの向こうで傷の具合を確認しているイルメールを見つけてはっとする。

「兄さん、大丈夫⁉」

「少し怪我をしたが、問題ない」

言われてみれば、すでに出血も止まっているようだ。無為なやせ我慢などする男ではないのだが、ほっと安堵《あんど》の息が漏れた。

同時に、ずきっと胸が痛んだ。

何事かと思ったが、目立った外傷などはなく、痛みはすぐに引いた。取り急ぎあたりを見回せば、熊のほうも意識を失って地面に転がっている。

エミリオまで傷つけてしまったことで気が逸れた隙を突き、イルメールが逆襲したのだろう。野次馬たちも見世物は終わったとばかりに散っていきつつあった。もちろん、つがいとなったらしき馬型獣人とオメガの姿はとっくに消えている。

現金なものだ。逞《たくま》しいと見るべきだろうか。苦笑するエミリオの全身を、イルメールはすばやく検分する。

「お前は」

「僕は大丈夫だよ。オリバーに助けてもらった。ありがとう、オリバー！」

胸の痛みはもうない。それより、イルメールのことが心配すぎて、オリバーに救われたと分かっていながら礼を言うのが遅れてしまった。謝罪も込めて笑顔で言うと、オリバーは照れたのだろう。黒豹の顔では分かりにくいが、恥ずかしそうに目を伏せた。

「エミリオは、本当にお兄さんのことが好きなんだね」

ルーメンがしみじみと言う。特に含んだもののない口調だったが、その響きは北風と化して胸の中を吹き抜けた。

好きなのだ、好きだから、好きだからこそ。

「……兄さんは、もう帰りなよ。危ないよ」

乱れた軽く髪を撫でつけていたイルメールが、はっとこちらを向いた。その目を見つめ返し、エミリオは告げた。

「これで分かったでしょ。ここでは、兄さんは絶対の存在じゃない。何かあったら、最悪殺される可能性だってあるんだ」

「そうですね。完全な保障は私にもできません」

ネブラも横から言い添える。支配より自由が優先される世界であることは、これまでの展開からも明らかだ。何かあれば止める、とは言っていたが、命までは奪われないにせよ、重大な損害を受ける可能性はある。絶対者たる「ドミニオン」の長として、それは困るだろう。

「……私の力の抑制を常に解いておけばいいだけの話だ」

「それは無理な相談です。今のあなたは、まだ弟君に何をするか分からない」

その手には乗らないと、ネブラはすげなくイルメールの提案を蹴った。

「そーだそーだ！　エミリオちゃんは、あんたなんかにはもったいない!!」

腕を振り上げ、いきなり叫んだのはギルバートだった。いくら兄よりは親しみを演出していたとはいえ、仮にもウルヴァンの人間である。ちゃんづけされるなど初めてで、驚いているエミリオの肩を、ギルバートは馴れ馴れしく抱き寄せようとする。

「エミリオちゃん、さっきはすごかったよ。俺、感激しちゃった！　アルファからベータを庇うなんて、そんなオメガ、ルーメン様以外は初めてだ」

「え……まあ、僕はアルファとして生きてきたからね。あ、ありがとう……？」

長いたてがみに埋もれそうになりながら、しどろもどろに応じた。さながら、女性相手にちゃらちゃらしていた時の自分を見ているようである。二重の意味で戸惑っているエミリオは、次の瞬間思いきり腕を引っ張られて転びそうになった。

「私の弟をオメガ呼ばわりするな」

イルメールだった。再びネブラの抑制を受けたらしく、獣の力こそ発揮していないが、その瞳は冷たく燃えている。

「オメガはオメガだろう。それも、極上の」

言い返すギルバートの口調にオメガへの侮蔑はない。彼の怒りは物分かりの悪いイルメール単体へ向けられている。

「あんたらの世界ではどうだか知らねーが、ここでは性別を隠す必要なんてねーの！　アルファはアルファ、オメガはオメガ、ベータはベータ!!　それぞれに役割が違うし、みんな助け合って生きてるんだ!!」

この世界の常識を改めて並べたギルバートは、懲りずにエミリオを抱き寄せようとする。

「そしてここでは、アルファは常につがいとなるオメガを求めてる！　こんな上等のオメガを前にして、指をくわえて見てるなんて、おい!!」

みなまで言わせず、イルメールもエミリオの腕を掴む手に力を込めた。

「私の弟をオメガ呼ばわりするなと言っている！」

「最後まで聞けよ！　せっかくかっこいいこと言ってるんだから!!」

左右から加減なしにアルファの力で引っ張られる。並のオメガであれば肩が外れていたかもしれない。

「え、えーと、やだなぁ、僕の取り合いなんて、オメガ冥利《みょうり》に尽きるね……？」

女性たちに取り合われたことなら何度かあるが、公衆の面前でオメガ呼ばわりも初めてなら、アルファに挟まれて争いになるのも初めてだ。どう振る舞うべきか、そろそろ僕の肩も限界なんだけど、と必死に考えているうちに、ふっと自由が訪れた。

「いい加減にしなさい、二人とも。エミリオを二つに裂く気ですか？」

ネブラだった。争うアルファたちを抑制し、無為な争いを止めたようである。ギルバートはしゅんと耳と尻尾を垂れ、イルメールは表面上は変わらぬ態度のまま、手を放した。

「イルメールの手当ても必要ですし、今日はこれぐらいにして、私たちの家に戻りましょう」

「うん、そーしよ！」

ルーメンが賛同の声を上げ、目標を得た一行が歩き出す。

「兄さんは……」

「お前と一緒でなければ、帰らない」

途切れた問答の続きに、イルメールは有無を言わさぬ速さで答えた。

「……好きにしなよ」

怪我自体は大したことではなさそうだが、自分を上回る力を持つアルファとまともにやり合っても意思は変わらぬ様子だ。

そこまで求められている事実から拭い去れない甘さ。いまだ未練がましい自分をも振り切るように、エミリオは踵を返した。

兄様がいてくれれば、私はそれで。

瞳を潤ませ、愛するアルファの腕の中で震えていた少女の姿が、伏せたまぶたの影で躍っていた。


いつものように「ドミニオン」本部一階のロビーを歩いていたエミリオは、記憶にある顔を見つけてぎくりと身を固くした。

「……ミゲル」

「やあ、久しぶりだな、副官殿」

ミゲル・スティービー。数ヶ月前のあの日、スティービー家の秘された部屋で出会ったアルファの精悍《せいかん》な頬はこけ、まるで病人のようだった。

豪華なロビーの内装から浮いて見えるのは、外見の変化はもちろんのこと、彼の周りだけぽっかりと人がいないせいもあるだろう。スティービーの次代の当主が来たと知れば、これまでならば誰もがこぞってもてなしただろうに。獣人の症状を示した者が相手のように、あからさまに嫌そうな顔こそしないが、不自然な空白が人々の気持ちを代弁している。

エミリオに声をかけようとしていた部下たちも、ミゲルに話しかけられている上官に気づいて足を止めた。どうしたらいいものやら、迷っている様子の彼らに軽く手を振って

「行け」と指示を出す。なぜあなたが、と言いたげな部下たち同様、ミゲルに向き直ったエミリオの表情も強張《こわば》りを残していた。

「そんなに嫌そうな顔をしないでくれ……と言っても、無駄だろうな。仕方がないさ。こうなることは、分かっていた」

最大限にぼかされた言葉だけで伝わってくる悲しみと無力感。同じ痛みがエミリオの胸を締めつける。

だが、詳細を知らない人間には、ただ嫌そうな顔をしているように見えているだろう。オメガ、それも実の妹などと愛し合った男。アルファの面汚し。関わり合いになるべきではない、と。

仮にも名門スティービー一家のスキャンダルだ。おおっぴらに報道されているわけではないが、高位のアルファだけが参加しているネットワークの中では尾びれつきで飛び回っている。周囲はただちにその顔色を読み、暗黙の意に従うのである。そうやって、この世界の秩序は保たれている。

ミゲルとメイビスの逃亡は失敗に終わった。可能な限りの手を打ち、家族ぐるみで秘密裏に別の大陸へ亡命を図ろうとしたが、だめだった。

エウロペ・コンチネントを出る寸前、スティービー一家は「ドミニオン」に取り押さえられた。ミゲルその他、アルファである者たちは厳重注意の上で釈放され今に至る。しかしメイビスは、その場で殺されてしまったという話だった。

ごめん、という言葉を呑み込む。部下たちの反応からも分かるように、エミリオは何も関与していないことになっているのだ。実際にしたことといえば、メイビスについてはもう少し調査が必要だからと報告し、逃亡に必要な時間を稼いだだけである。

それ以上手を貸せば、自分にも累が及ぶ。ミゲルも同じ意見だった。見逃してくれるだけでも御の字、逃亡ルートなどはこちらで用意する、そうすればあなたが裏切った時にも安心だと、アルファらしい冷静さで判断した。

奇跡を起こせなかったのは、単純に「ドミニオン」の、イルメールの調査力が予想を上回っただけだ。疑いの目を向けられた時点で、遅かれ早かれこうなる運命だった。分かっていたが、やりきれなさは拭えない。

だから、ロビーの端に用意されたティーラウンジで少し話そう、というミゲルの提案に乗った。「ドミニオン」中にカメラや盗聴器が張り巡らされている事実は理解しているが、先程のやり取りでもミゲルは不用意な言葉を口にしなかった。

大体、自分が関与していることも兄は摑んでいるはずだ。明言こそしないが、言葉の端々や態度にそれらが織り込まれている。馬鹿な真似をしたものだと、事あるごとに冷えた視線が針のように突き刺さるため、最近のエミリオは胃薬が手放せない生活を送っていた。

実は今日も、スティービーの一件について報告せよとの名目で呼びつけられていた。ミゲルも同席するんじゃないだろうな。そこまで兄も意地が悪くないことを願いつつ、エミリオは紅茶を注文した。ミゲルも同じものを、とだけ言った。

奢《おご》ろうか、と言いかけてやめる。ただ気落ちしている相手なら冗談にもできるが、とてもそんな雰囲気ではない。なお、それぞれの代金は特に何も言わなければ、自動認証により紐《ひも》づけられた預金口座からオートで引き落とされる。

と、向かいの席のミゲルがぐっと身を乗り出してきた。思わず顔を寄せると、彼はひそひそと耳元にささやいてきた。

「俺のことは心配しないでくれ。今日は今後の身の振り方の相談をしに来たんだ。まだスティービーに便宜を図ってくれる知り合いが何人かいるものでね」

「……それは、よかった」

ならば、相手は兄ではなかろう。便宜を図るつもりがあるなら、メイビスの件について自分を派遣して調査する必要はあるまい。スティービーと親しい政治家の誰かが圧力をかけ、「ドミニオン」に温情を求めてきた、そんなところだろうか。

捨て鉢になったミゲルが、エミリオもオメガだと騒ぎ立てるのではないか、とも少しばかり危惧《きぐ》していたが、要らぬ世話だったようである。そんなことをわめいたが最後、兄はどんな手を使ってもスティービー一家を根絶やしにするだろう。もちろん、根拠のない言いがかりは握りつぶされて終わりだ。

だが、全てに口をつぐむなら、今後もミゲルや彼の両親については最低限度の安全は保証される。メイビスについては、最初から存在しなかったことになるだろうが。今まで何度も何度も、エミリオがそうしてきたように。

これ以上はどうしようもない。分かっていても舌先に残る苦みを、最上級の紅茶で喉の奥に押し流した。

「君やご両親の幸せを、心から願っているよ」

どこで誰が聞き耳を立てているか分からない状態だ。使える言葉は限られている。そこに精一杯の想いを乗せて、エミリオはつぶやいた。

本心だった。嫌味のつもりなどない。せめてもの詫びとして、いつもの薄笑いを消して真面目《まじめ》な顔で言った。聡明なミゲルなら、それだけで苦しい胸の内を読み取るだろうと信じて選んだ行動だった。

しかしミゲルは、地鳴りのように低い声を吐き出した。

「俺は」

瞬間、怒りと憎悪を餌《えさ》にしてアルファの気配が膨れ上がる。素知らぬふりで聞き耳を立てていたアルファたちがはっと身構え、ウェイターのベータが取り落としたグラスが派手な音を立てた。

至近距離でそれを受けたエミリオも、危うく残りの紅茶をぶちまけるところだった。寒気、それとは裏腹に腹の奥がじんと熱くなる感覚を必死に抑えつける。

「……なんでもない。そろそろ時間だ。じゃあ、ここで」

ティーラウンジに刹那の嵐《あらし》を巻き起こした張本人は、そう言い置いて唐突に去っていった。声をかける権利すらないエミリオは、黙って紅茶を飲み干すと、そつなく割れたグラスの代金まで支払って店を出た。こんな状況でも「兄にふさわしい副官」の振る舞いができる自分に、やるせなさを覚えながら。

俺は、あんたの幸せなんて願っていない。ミゲルはきっとそう言いたかったのだろうと、後で思った。確かめることはできなかった。直後、ミゲルは自殺したからだ。

ティーラウンジで注文した紅茶に、彼はこっそりと発情促進剤を投入した。あの時、意味ありげに身を乗り出してきたのは、手元から意識を逸らすためだ。アルファ用の発情促進剤は違法薬物であり、すぐにセンサーに引っかかるが、オメガ用のそれは嗜好品《しこう》とみなされているので持ち込みを防げなかった。

メイビスを殺したのはミゲルだった。逃亡の際、捕まったメイビスが「ドミニオン」の男たちに乱暴されそうになり、それを防ぐために自らの手で愛するつがいを撃ち殺した。

全てが分かったのは、全てが終わった後だった。

「なんか、熱いな……空調の故障か……？」

ティーラウンジを出て、兄の執務室に向かいながら、エミリオは体調の異変を感じていた。だが、元から胃の不調を抱えている身だ。うっかりとミゲルの威圧を受けてしまったせいもある。ピアスを通して弟の体調を摑んでいるはずのイルメールも、そう判断してしまったようだった。

兄の部屋に入ってからのことは、全体的にはひどく曖昧だが、部分的には嫌になるほど鮮明に覚えている。

こってりと絞られるのを覚悟して執務机の前に立った。神経質なほどに整理された室内には自分たち以外は誰もおらず、兄も自分も今日この後の用事はない。スティービーの件について、明確に問い質《ただ》すつもりなのだと察しはついていた。

「今日、なぜ呼んだかは分かっているな」

案の上だ。体調が優れない、などといった言いわけの通じる相手ではないと分かっているが、あの日の心の揺れをどう説明するべきか。頭がはっきりしている状況で散々考え抜いても、うまい答えは見つからないままだったというのに。どうにも思考が散りがちで、まとまらない。

この時が来たら、ミゲルたちの処置を少しでも軽くしてくれるよう訴えるつもりだったのに、さっき会ったばかりの彼の存在はひどく遠い。執務机に座ったイルメールの冷たい美貌は、目の中に飛び込んでくるように感じられた。

いっそのこと、告げてしまおうかとも思った。出会った時から抱えていた、イルメールへの想い。共に「アルファ」としての教育を受け続けていくうちに、どう考えても叶うはずがないと封じてきた恋。

本当に言ってみようかな。だって、多分通じないしな、兄さんには。いつものつまらない冗談だと思われて終わりだよ、きっと。そうでなければ、案外「私も好きだぞ」って真顔で返されちゃうかな。下手に撥《は》ねつけられるより、そのほうがつらいだなんて、分からないんだろうな。

だけど、そういうところも含めて好きなんだ、兄さん。好きだよ、兄さん。

「どうした」

怪訝な声で我に返る。この状況で、一体何を考えているのか。愕然とするエミリオの頬は、羞恥《しゅうち》以外の熱を持っていた。もじり、と太股をすり合わせる様をイルメールは軽蔑したように見やる。

「ミゲルと会っていたようだが、それで胃を痛めたのか？　情けない。そんなことでは、私の弟として……」

恒例のお小言だ。きちんと背筋を伸ばし、拝聴しなければならない。頭がどれだけ命じても、微熱に支配された体は言うことを聞かなかった。

「おい！　エミリオ!!」

「ご、ごめん」

訓示の最中、いきなり床に崩れ落ちてしまったエミリオは、驚いて立ち上がった兄を見上げてへどもどと謝った。

「どうしたのかな。僕、風邪《かぜ》でも、引いたのかな。手、手が、足も、震えて。うまく立てないや。ごめん、なさい」

四肢に絡みつく熱、ろれつの回らない舌、速い呼吸、霞《かす》む意識。風邪の初期症状に近いそれが、発情によるものだとすぐには分からなかった。二次性徴を迎える前にウルヴァン本家に引き取られたエミリオは、子宮を切除された上で定期的に強力な抑制剤を飲み続けており、まともに発情期を迎えたことがなかったからだ。

やはり空調がおかしいのではないか。制服を脱ぎたい。違う、先に立たなければ。ちゃんと立って、報告を。

「ちょっと、待って。ちょっとだけ。僕、大丈夫、だから。ちゃんと、するから……兄さん？」

さすがに心配になったのだろう。執務机を離れ、イルメールが無言で近づいてきた。屈《かが》んだ彼の腕に抱き上げられて、申しわけなさと後ろめたい喜びを感じた。

そうだよ、兄さんは優しいんだ。僕がヘマをやらかせば、お説教しながらも助けてくれる。時には突き落としてるみたいに見えてるようだけど、ちゃんと助けてくれる。

どうしてもアルファみたいにはできない僕が、ヘラヘラ笑ってごまかしても、他の人はからかって終わり。でも兄さんは、ギリギリまで僕にやらせる。そうしないと、僕が兄さんの「弟」にふさわしくいられないから。一緒に、いられないから。

過去の思い出が押し寄せてくる。つらいことや悲しいこともたくさんあったが、それでもイルメールがいてくれた喜びが勝った。

引き取られたばかりの晩、父母を失った悲しみに耐えられず、ベッドで一人声を殺して泣いていた。するとイルメールはいきなり布団の中に入ってきて、「今晩だけだぞ」と言いながら抱き締めて眠ってくれた。長じるにつれ、そのように分かりやすい優しさは彼から削り取られていったが、美しい思い出は今なおエミリオを魅了し続けている。

あれからもう十年は優に過ぎた。今晩だけ、との宣言どおり、共寝してくれたのは一度だけ。抱き締められて慰められて、それで涙が乾くような年でもないのに、どうして兄さんは僕の上に覆い被さろうとしているのだろう？　そんな、ギラギラと目を光らせて？

その先の記憶は途切れ途切れだ。応接ソファの上に横たえられた体から、荒々しく制服が取り払われていく。噛みつくような口づけに唇が血を流しても、たがの外れた本能が些《さ》細《さい》な痛みなど吹き飛ばした。

女好きのアルファを公言し、そのように振る舞ってきたが、実体はオメガなのだ。セックスに及べばばれてしまうからと、自慰以外での発散を禁じられていた。口づけ一つ知らぬままだった体は、初めての発情に燃え上がった。

「は、ぁ、あ……兄さん……」

乱暴に割られた足の狭間、ぐしょぐしょに湿った穴の中を長い指が引っかくようにしてかき回す。エミリオを感じさせるためではない。濡れ具合と拡張具合を確認するような、愛撫とは言えないものだったが、大好きな兄が触れてくれている。そう思うだけで、腹の奥がひくひくと物欲しげにくねるのが分かった。

「あっ、あぁ、兄さん、兄さぁん」

女性と同じように濡れるオメガの穴は、指が出入りするたびにはしたなくよだれを垂らした。剝き出しにされた胸板の上では、触れられてもいない乳首がツンと天井を向いている。我慢できずに自分で捏ねると、先走りと愛液があふれ出してとめどなくソファを汚した。

熱い。熱くてたまらないが、触れ合う体温はもっとほしい矛盾。兄さんも服を脱いでくれないかな。もっと直接、あなたを感じたいよ、兄さん。

「……エミリオ……」

やがておざなりな前戯が終わり、イルメールが荒い息を吐きながら体重をかけてきた。

熱っぽく輝くアイスブルーの瞳。邪魔くさそうに前髪をかき上げる姿を見られただけで、このまま死んでもいいと思った。

ぬぷり、潤んだ粘膜に熱塊が触れる。そのままずぶずぶと、満たされていく。嬉しい。やっと、本当にあなたを感じられる。

「あーっ……！　あぁ、あ、いい、気持ちいい、兄さん、兄さん……!!」

そこから先はあまり覚えていないが、挿入の瞬間に感じた歓喜と、中に出される際のさらなる歓喜だけはやけに鮮やかだった。これがほしかったのだと、原始的な本能が訴えていた。

薬が切れ、発情の夢から覚めた時、まだ兄の執務室だった。ソファの上で身を起こしたエミリオに気づいたイルメールはシャツ姿で自分の机に座り、誰かと通話中だったが、すぐに話し終えてこちらを向いた。

シャワーを浴びてきたのだろう。まだ少し水気を含んだ金髪が照明に一際まぶしかった。髪のセットをする時間がなかったのか、少しだけ乱れ落ちた前髪がセクシーだ。

思わず見惚れたエミリオを、イルメールは蔑みに満ちた目で睨みつけた。

「つくづくと愚かだな、お前は。恩知らずのスティービーの息子に発情促進剤を盛られるとは。奴め、妹の部屋で自ら頭を撃ち抜いたらしいぞ」

「え……ぁ、ご、ごめんなさい、僕……!!」

狼狽《うろた》えながら見下ろせば、引き裂かれた衣服は全て取り払われており、兄の制服の上着がかろうじて胸から下を覆っている。代わりに新しい服がひと揃い卓の上に届けられていた。気を失っている間にイルメールが届けさせたのだろう。

ミゲルがエミリオの正体を吹聴しなかったのは、もっと確実にダメージを与える方法を選んだに過ぎなかったのだ。「ドミニオン」内で己が発情すれば、そこかしこにいるアルファの誰かを巻き込み、あられもない姿をさらす。それを狙っての行為に違いなかった。

「あ、あの……状況を報告……その前に、着替える、ね」

大失態だ。ただちに分かる範囲で報告をしなければならないが、その前に身繕いが必要だ。薬の効果はなくなったようだが、体のあちこちに残った鬱血《うっけつ》や歯形を隠さなければ、とても兄の前になど立てない。

「……っ、ぁ」

起き上がろうとした拍子に、体の奥からどろりと何かが垂れてきた。いい加減冷えて粘度を増したそれが、イルメールが吐き出した体液であることは分かっている。内股《うちまた》にも同じものが、生乾きの状態で貼りついていた。

願わくば少しの間でも一人にさせてほしかったが、それを許してくれるようなイルメールではない。相手が兄でよかったのだろうか、そうとも限らないか。だが、他の誰かに犯された体で、何をされたか説明などできただろうか。発情の熱は引いても意識の乱れは続いており、急く気持ちとは裏腹に、優先事項を見失ったエミリオは呆然とソファの上に座っていた。

「いや、まだ着替えるな」

規律にやかましい兄には珍しい発言が聞こえた。まさか、罰として裸のままで報告でもさせる気だろうか。このまま立ち上がれば、残りの精液が染み出してきて絨毯《じゅうたん》まで濡らすに違いないのに。

「あの……でも、始末をしないと、部屋を汚してしまうから……」

「どうせもっと汚れる」

立ち上がったイルメールが近づいてくる。混濁した記憶の中、もどかしそうに自分の制服を緩めていた時と違って、その姿には一切の乱れがない。

ただアイスブルーの瞳だけが、ギラギラと異様なまでに輝いていた。発情の中で目にした時は喜びの元だった瞳のきらめきは、今や恐怖の対象でしかなかった。

「に、兄さん、何を」

「とんでもないことになったのは理解しているな。だから、オメガなどに情けをかけるなと言ったのに……お前には失望した」

失望、という言葉にさっと血の気が引いた。近年は懸命な努力が功を奏し、聞かずにいられた言葉だから余計にだ。ただでさえ混乱していた頭がさらにかき乱され、体にかかった黒い制服をすがるように握り締める。

「ご、ごめん、なさい。あの、報告、あッ」

指先を制服の生地がすり抜けていく。すげなく己の制服を奪い取ったイルメールは、それを執務机の上に放り投げてしまった。一糸まとわぬ姿となったエミリオは、パニックの波に翻弄《ほんろう》されながら兄を見上げていた。

「お前には、口で言っても分からないようだからな。足を開け」

オメガには、これが一番分かりやすいのだろう。そんな声が聞こえた気がした。


ずっとイルメールのことが好きだった。兄として、恩人としてはもちろん、男として、アルファとして、好きだった。

抱かれたいと、望んでいた。特に十代の頃は、薬で抑えていても募る想いは夢に現れ、気まずい朝を迎えることも多かった。

だがエミリオの願いは対等な恋人としてのセックスだ。一方的な蹂躙や、仕置きの名を借りた欲望の処理を求めていたわけではない。

理性は常に正論を振りかざすが、オメガの肉体は愛するアルファに触れられれば溶けていく。残酷に嬲《なぶ》られても、ろくな前戯もなしに挿入されても。女性以上に濡れて歓喜し、浅ましい欲をさらけ出す。

「う……ぅ」

いっそ、溺《おぼ》れてしまえばいい。こういうプレイだと割り切って、楽しめばいいと思ってそのように振る舞ったこともあるが、イルメールの軽蔑が伝わってきてだめだった。お前がなぜ、こんな目に遭っているのか理解しているのかという視線を浴びると、道化のふりさえできなくなる。

道化としても三流の僕は、しょせんオメガに過ぎないんだ。そう思い知らされるたび、努力するしかないのだと誓いを新たにした。もっと訓練を積んで、経験を重ねて、どうしようもない能力差によってボロが出そうになったら愛嬌《あいきょう》で補って。がんばるしかない。がんばるしかない。

だが、たとえアルファであっても人間だ。どこかしらに綻《ほころ》びは出る。エミリオ個人の失態だけではなく、優秀なアルファ揃いの部下がまさかのミスを犯す場合もある。他の誰もが褒め称《たた》えてくれるような業績を上げても、兄だけが納得してくれないこともある。

本当は、理由なんてどうでもいいんだ。兄さんはただ、手近で賄えると知った快楽を手放したくないだけ。暗殺者かどうかいちいち調べる必要もない僕を、犯して愉《たの》しみたいだけなんだ。

そんなこと、言えるはずがない。

「いや……嫌だ、やめて、兄さん、兄さん」

口ではそう言いながらも、一度事が始まってしまえば、オメガの肉体はアルファの精液をほしがって燃え盛る。自分でもだんだん、自分の望みが分からなくなっていた。どうすればいいのか、どうしたいのか、分からないまま漫然と、イルメールに従い続けていた。

惰性の果てに二人の間に命が生じ、消えた。

「――んぐっ⁉」

「しっ」

悪夢から目覚めた瞬間、大きな手に口元を覆われた。一瞬イルメールかと思ったが、短い毛がちくちくと肌を刺すこの手触りは獣人のものだ。

暗闇に溶け込むような黒い豹。オリバーがエミリオの寝台の脇《わき》に立ち、手の平を押し当てて声を封じていた。

アルバの中のことは一通り教わった。明日以降、ネブラとルーメンはこの世界の管理者としての仕事に戻るため、今後のエミリオの案内と護衛はオリバーが務めることになったのだ。寝室の中に間仕切りをして、彼の部屋も用意された。

なお、最初、エミリオにはギルバートがつくと言ってうるさかった。だがイルメールが「絶対にだめだ」と譲らず、結果ギルバートはイルメールの家に同居となった。尻尾を垂れ、しょんぼりしている彼に悪いことをした気もするが、妙に馴れ馴れしい態度に危機感を覚えていたのも事実である。

ルーメンが言うように、ここで暮らしていくのなら、ここの常識に慣れねばなるまい。特に獣人タイプのアルファには、自分は一目でオメガと見抜かれ、狙われるのだと肝に銘じておかねばならないのだ。

そのためには、露骨に色目を使ってくるようなアルファを側に置くのは避けるべきである。「友達としては楽しそうなんだけどね」との前置きつきで断って、オリバーを指名したのだが、その選択は間違いだったのだろうか。いかにも寡黙《かもく》で真面目な彼までも、この身に欲望を覚えているのだろうか。

だが次の瞬間、闇に慣れ始めた瞳が音もなく室内に滑り込んできた人影を認めた。そこにいたのは、シャツ姿のイルメールだった。裂かれた制服以外のものを頑として着ようとしないためだ。

「このような時間に、なんのつもりですか」

オリバーが硬い声で問いかけると、イルメールは驚いたように動きを止めた。オリバーは彼の侵入に気づいたから、エミリオを守るために近づいてきたのだ。

「……見えるのか」

「視力も獣のものですからね。あなたに伝わったネブラ様の力は、腕力だけのようですが」

しゃべり方も性格も、オリバーはネブラに近いようである。口調は丁寧だが、ところどころにイルメールに対する棘《とげ》が見え隠れしている。

「貴様に用はない。エミリオと話したい」

例の一件の後、怪我の手当てが必要だということでイルメールとは離れ離れになった。そのまま護衛の選定、オリバーと暮らしていくために必要な話をしているうちに時間が流れ、兄と顔を合わせる気になれなかったエミリオはこの家でオリバーと夕食を取った。気持ちも落ちつき、就寝した結果が現状だ。

「エミリオさんには、あなたと話すようなことはありません」

間髪を容れず、オリバーは切り返した。

「貴様に用はないと言っている」

イルメールもすぐさま言い返す。無為なやり取りを止めようと、エミリオはオリバーの手を押し退《の》けて起き上がった。

「オリバーの言うとおりだよ、兄さん。僕には話すようなことはない」

本当に、何をしに来たのだ。昼間のやり取りで、ここでの生活にうんざりしただろうとでも高を括っているのか。

完全な否定はできないから、なおのこと腹が立った。今までと真逆の扱いに困惑しているのは確かだが、だからといって帰ったりするものか。

「オメガに対して、やたらと積極的なアルファの態度に戸惑っているのは事実だ。でも、少なくとも、生まれた瞬間に殺されるような世界よりはマシだよ。奪い合われるのも、悪い気分じゃないしね」

自分のために争うアルファを積極的に煽《あお》っていた、あのオメガほどおおっぴらに喜ぶ気にはなれないが、先のことは分からない。ここで生きていくのなら、それぐらい図太くなれたほうが楽だろう。

順応性は高いほうだと自負している。さばさばしたふうを装うエミリオであるが、イルメールは意外な話を切り出した。

「本当は怪我をしているんじゃないか。様子がおかしい」

反射的に耳朶に手をやったエミリオであるが、ピアスは自分の手で捨てたのだ。統括システムがないこの場所では機能もしない。それなのにイルメールは、薄々エミリオも感じていた不調を言い当てた。

「怪我じゃ、ないよ。兄さんとは別に、僕もチェックを受けた。問題は、な……」

改めて確認したが外傷はない。ただ、うっすらとした違和感がつきまとって離れない。それが今、次第に凝《こご》って、明確な何かへと変わりつつあった。

「あ」

胸のあたりを押さえたエミリオが、短く息を吐いて目を見開く。イルメールもオリバーもはっとした。

「エミリオ！」

「エミリオさん！」

二人同時に名を呼ばれ、エミリオは縮み上がった。

「な、なんでもない。大丈夫！」

「そうは見えません」

引きつった笑顔で否定するエミリオにオリバーは詰め寄った。だがエミリオは、彼に背を向けて追及を避けた。

「なんでもないって言ってるだろう。君だって一緒に僕の状況をチェックしたはずだ。大丈夫だよ、少し痛んだだけ！　やっぱり、ちょっとぶつけたみたいだね。気になるなら、明日ネブラやルーメンを含めて説明、えッ」

早口にごまかそうとしたエミリオに無言でイルメールが近づいてきた。強く腕を引かれ、反射的に胸を庇う。鈍い痛みについ顔をしかめてしまうと、オリバーが気遣わしげな表情になった。

「やはり、怪我を」

「違う！」

問答無用で患部を探られる気配を察し、エミリオはやむなく白状した。

「……胸が張って、母乳が出てるんだ。……なんでかは、二人とも、知ってるでしょ」

諸悪の根源であるイルメールはもちろん、創世神より客人の世話を任されているオリバーも、自分たちの置かれた状況は聞いているだろう。案の定オリバーは黙り、イルメールも摑んだ手を振り払われるままだった。

気まずい空気の中、壁のほうを向いてエミリオは忌々しげに手を振った。

「悪いけど、今はアルファの側にいたくない。二人とも出て行ってくれ」

「あの……ならば、ルーメン様に連絡を」

「いいよ、明日で。とにかく一人にしてくれ。早く‼」

オリバーの言うこともっともだが、今は彼はもちろん、イルメールの側にいたい気分ではなかった。それでも無神経な兄のことだ、また余計な発言をするのではないかと半ば諦めていたが、

「……してほしいことがあれば、呼べ」

そう言い置くと、オリバーより先に部屋を出て行った。どうすべきか、オリバーも少し迷ったようだが、今は何を言っても無駄だと悟ったのだろう。黙礼し、同じく部屋を出た。

一人になったエミリオは、じくじくとうずく胸元をそっと覗き込む。そこは少し濡れていて、母乳の甘い香りがした。飲ませる相手もいないのに。

取り急ぎ、清潔なタオルを当て、かすかにふくらみを増した胸を揉《も》むとじわりと乳が染

み出してきた。妊娠の疑いを抱いてから、オメガの出産に関しての知識は多少集めてある。普通の女性と同じように、ある程度絞り出してしまえば収まるだろう。

赤子に吸われるのと違って、外部から押すようにして絞り出すのは痛い。作業の虚しさを思うと、もっと痛い。

「絶対に、帰るもんか」

零れそうな涙を袖でぐいと拭い、エミリオは誓いを新たにした。

こちらに来て以来、兄の態度が少しだけ変化したことは分かっている。あくまで、少しだ。その根本は結局変わっていない。

迂闊にほだされて戻ったが最後、きっとまた同じことの繰り返しになる。エミリオだけの問題ではない。また小さな命を奪われるような事態だけは、絶対に許してはならないのだ。

翌朝目覚めると、家の中にいたのはエミリオだけだった。オリバーはもちろん、イルメールもいない。

食事はどうしようか。まだ、誰かと一緒に食べる気にはなれない。だが母乳を出したせいか、エネルギー不足で空腹は感じていた。

こんな状況でも腹が減る己に驚くやら呆れるやらだが、それが生きるということだ。早く自分で食べ物を用意できるようにならないと、と考えていると、ドアをノックする音が聞こえた。

条件反射で身構えてしまったが、覗き窓越しに見えたのは笑顔のルーメンだった。

「おはよう、エミリオ。アルファには会いたくないって話だったから、来ちゃった。いい？　ご飯も持ってきたよ」

手にした包みを突き出し、朗らかに微笑む姿に逆らえる気はしなかった。

「……うん」

申しわけなさを覚えながら扉を開き、小柄な影を迎え入れる。きれいにしてるね、ときょろきょろする彼に、エミリオは伏し目がちに言った。

「ごめん。君は、忙しいのに……」

「そうだよ。君みたいに、困っている人を助けないといけないから。そして今、ぼくが関知している中で、一番困っているのは君」

これが、ぼくのお仕事なんだ。あっけらかんとそう言い放ったルーメンは、干し肉と野菜を挟んだ簡素なサンドイッチを手渡しながらつけ加えた。

「それに、イルメールもぼくに行ってくれって言ったし」

「……兄さんが？」

「うん。オリバーは食べ物だけ届けるに留めたほうが、って言ったけど、エミリオはまだまだ一人で抱え込んじゃうからね。ちょっとばかし強引に行ったほうがいいって、ぼくも思ったから」

だから、ルーメンが来たのだ。そしてオリバーもイルメールも、来なかった。そのことに曰《いわ》く言いがたい感情を覚えているエミリオをよそに、ルーメンは率直に問題へと切り込んできた。

「胸、大丈夫？　痛む？」

「う、うん……少し」

朝も少し母乳を出したのだが、またすぐに溜まってきたのか、絞り方が悪かったのか、じくじくとした痛みは感じている。食卓に腰かけながらエミリオがうなずくと、ルーメンは言葉を選ぶ口調で言った。

「ある程度の怪我を治すことは、ぼくにもできるんだけど、これは怪我じゃないからなあ。それに、次の……」

やはり状況はお見通しらしい。彼の前では隠し事は無駄、と以前も言い含められたこともあり、気は楽だが、不用意な「次の」という言葉が耳に残った。

「とりあえず、痛まない程度に絞って、ゆっくり止めるしかないね。痛みが激しいようなら、言ってもらえれば」

「次なんてないよ」

さり気なく流されようとした単語を、自ら強い口調で復唱する。

「僕は子供なんて生まない。少なくとも、兄さんの子は生まない」

「そっか」

短く、ルーメンはうなずいた。その表情には怒りも軽蔑も憐れみもなく、ただ単純にエミリオの意見を受け止めているだけだった。

少し迷ったが、このあたりで確かめておいたほうがいいだろう。エミリオは意を決して口にした。

「ルーメンは、僕と兄さんに仲直りしてほしいの？」

帰れ、お前と一緒でなければ帰らないという押し問答の果てに、条件つきの案を提示してきたのはルーメンだ。両者引き下がりそうにないので、やむなく妥協案を出したとも考えられるが、なにせ彼らは神様である。イルメールがどれだけわめこうが、問答無用で強制送還もできたはず。

「君たちが、お互いにそう望むならね」

自分用に持ってきたサンドイッチをかじりながら、ルーメンは答えた。やはりその声は穏やかで、こちらを包み込むような——母性、のようなものを感じさせる。

もっとも、エミリオは母性なるものを実在の母から受けた覚えはない。生みの親はオメガの息子を見るたびに悲しみと情けなさに表情を曇らせ、どうしてこんな目に、と自分たちの不幸を嘆いていた。殺されなかっただけマシだとは分かっていたが、家族全てを日陰者とした己に対する罪の意識は日に日に増していった。

育ての親はといえば、母親のほうとはほとんど触れ合ったことがない。引き取られてすぐに士官学校へ通うための教育が始まり、イルメールと一緒にひたすら勉強していたせいばかりではないだろう。

口に出しては言わないが、名家のアルファであるプライドの高い彼女は、いまだにオメガの自分を認めてはいないのだ。父親もそれは同様で、「ドミニオン」の統率者以外の面は決して見せてくれなかった。

そんな彼らがエミリオを放り出さなかったのは、ひとえにイルメールのおかげだ。彼がエミリオを自らの弟、未来の片腕であると定義したからに過ぎない。オメガを拾ってくるなどという愚行を割り引いても、彼以上に「ドミニオン」の長にふさわしい者はいないと、幼い頃より誰もが認めていたからだ。

多大な恩を受けてきたことは理解している。子供のことさえなければ、きっと今も、エミリオは兄の言いなりになっていただろう。彼が結婚し、子供を成した後も、当たり前のように抱かれていたかもしれない。

もしかすると、兄さんは結婚してからも僕をリゾートへ連れて行くつもりだったのかな、と考える。バカンス先で愛人との逢瀬を楽しむアルファは珍しくないが、イメージが悪くなるので同行はさせず、行き先で落ち合うのが一般的だ。その点エミリオは家族の一員なのだから、連れて行っても誰も不審に思うまい。

「ルーメンは、ネブラと喧嘩したりしないの」

虚しい物思いを振り切るように話題を変えると、意外な答えが返ってきた。

「するよ、結構頻繁に」

ちょっと驚いているエミリオに、ルーメンは手についたパン屑《くず》を払い落としながら舌を出す。

「ぼくとネブラ、両方とも頑固だから。君たちの扱いについて、まだ意見が割れてる。あんまり顔には出さないけど、ネブラはイルメールのこと、ものすごーく怒ってるから。可能なら今すぐにでも、彼だけ元の世界に送り返したいみたい」

助けた後も、イルメールってばあんな態度なんだもん。あの後ぼく、久しぶりにお尻ぺんぺんされちゃったよ、とルーメンは肩を竦めた。燃えたけど、ともつけ加えた。

「そ、そうなんだ……」

獣の顔と丁寧な口調のせいで真意の分かりにくいネブラであるが、案外と激情家であるらしい。イルメールの態度が徐々に変化しているのは、エミリオがこうしてルーメンと話しているように、ネブラに説教でも受けているのかもしれない。

「仕方ないよね。ネブラはぼくのこと、大好きだもん！　オメガを、それもつがいのオメガを大事にしないアルファのことが信じられないんだよ。それが自分の子孫ともなれば、なおさらね」

兄からの愛を堂々と口にするルーメン。時代も違えば立場も違う相手だ。比較しても仕方がないと分かっているが、どうしても心の隅が暗く翳《かげ》る。

「……君は？　ルーメン」

君は、兄さんに愛されていない僕を、本当は馬鹿にしているんじゃないか？　そう言いたいのを堪えて、つぶやいた。

「君は、僕の兄さんを、今すぐ送り返すべきじゃないと思ってる？」

「そうだね。もうちょっと様子見。イルメールはイルメールなりに、がんばってるみたいだし」

先程より踏み込んだ質問に対し、ルーメンもより詳細な意見を述べた。

「何より、このままじゃエミリオがすっきりしないでしょ。ぼくらが一番心配してるのは、君」

ストレートに、ルーメンはエミリオを名指しした。

「君にとってイルメールが大切な人だから、ぼくらも彼の扱いに慎重になってるんだよ。そうでなきゃ、とっくの昔に何発か殴ってから送り返してる」

微笑む顔は、素直ではない子供を優しくたしなめる親のものだった。

「……分かってる」

ぐうの音も出ない正論だ。分かっている。ルーメンもネブラも、エミリオを気の毒に思ったからこそ、救いの手を差し伸べてくれたのだ。

「分かってるけど……」

ぎゅ、と握り締めた拳《こぶし》の手前、サンドイッチを目線で示してルーメンは言った。

「とりあえず、それを食べたら、出かけようか」

「え？」

「今日は一日、君のために使うことにしたから。オメガたちの集まりに連れて行ってあげるよ」


ルーメンがエミリオ、そして護衛のオリバーを伴ってやってきたのは、アルバの南にある木造の建物だった。

大きな窓がいくつも取られた構造は涼しげだ。中はほぼ板敷きの大部屋で占められており、あちらこちらにオメガたちが溜《た》まって、優しい風が肌を撫《な》でていく感触を楽しんでいた。

「ルーメン様、エミリオ様、私はここで見張りを」

「ごめんね、オリバー」

オメガ以外の大人は、たとえネブラであっても入れない決まりだという。入り口で一礼したオリバーは、似たような境遇のアルファたちがたむろしている小屋に移動した。

「ルーメン様、こんにちは！」

「お久しぶりです」

「そちらが例のお客様？」

ルーメンに気づいたオメガたちがわらわらと寄ってくる。ルーメンは笑って、簡潔にエミリオについて紹介した。

「彼はエミリオ。別の時代のオメガだよ。オメガが迫害される時代に生きる彼が気の毒で、ここに連れてきたんだ」

「オメガが迫害される⁉」

ルーメンの説明に、オメガたちは一様に信じられない、という顔をする。

「舐《な》められることはあるけど、迫害はないよねぇ」

「お気の毒に、さあここへ座って。お茶にお菓子もあるよ」

すっかりエミリオに同情してしまったようで、素朴な焼き菓子がエミリオの前に山盛りになった。老若男女を問わず、どのオメガも気遣いの表情を浮かべている。

ルーメンの説明は相当に大雑把《おおざっぱ》である。騙《だま》しているようで気が引けたが、嘘《うそ》をついているわけではないし、全《すべ》てをつまびらかにしたいわけでもない。開き直ったエミリオは、積極的にオメガたちに話しかけた。

「うん、そうなんだ。僕、まだここに来てから日が浅くてね。アルバの中を案内はしてもらったけど、これからここで、どうやって生きていけばいいかさっぱりで。よければ、いろいろ教えてもらえるかな？」

待ってましたとばかりにオメガたちがしゃべり出す。彼らがまず口々に言ったのは、ここではオメガの迫害などあり得ない、という話だった。

「力仕事なんかは、そりゃアルファ、特に獣人連中の独壇場よ。でも、あいつらのつがいになれるのは、私たちだけだから」

若い女性オメガが、細い胸を毅然《きぜん》と張る。

「あいつらだけじゃ、争い合って殺し合って、みんないなくなるのが関の山。未来を育む私たちがいないとね」

壮年の男性オメガが静かな自信を湛《たた》えて言った。その腕の中には、まだ幼いオメガの息子が抱かれている。

「……みんな、もう子供を産んだことがあるの？」

ためらいながらエミリオが聞くと、大半のオメガがうなずいた。

「うちは二人目」

「うちはまだ一人だけど、あと五人ぐらいほしいな」

「いいなー、うちも早くほしー」

乳飲み子を抱えたオメガも含め、臆面《おくめん》もなく語られる出産願望。それに少し気後れを覚え始めているエミリオに気づいたのだろう。そろりと立ち上がったルーメンが、隅のほうにいたオメガの若者に何事か耳打ちした後、エミリオの隣に連れてきた。

他のオメガたちは、エミリオそっちのけで出産計画について話すのに夢中だ。それを見計らい、彼は小さな声でエミリオに話しかけてきた。

「初めまして、エミリオ。俺、フロスっていうんだ。……子供が流れちゃったんだって？　気の毒に」

はっとしてルーメンを見やると、ルーメンはうなずきを返してきた。さっきの耳打ちはこれを伝えるためだったらしい。もちろん、エミリオを傷つけるためではない。

「俺もさぁ、昔あったんだよね。ルーメン様の話じゃ、大きくなる力がなくて、最初から生まれることができない子だったって話だけど……やっぱりショックで、その時つき合ってたアルファとは別れちゃった」

「……そっか」

オメガだからと蔑《さげす》まれることはなく、妊娠出産も当たり前の世界だが、どれだけ祝福されたところで死産や流産は一定の確率で起きる。医療技術の発達したエミリオたちの時代にも起きているし、その悲しみに差はないだろう。

「でも今は、三人の子に恵まれて、うるさいけれど楽しくやってるよ！　次は大丈夫さ、あんたもがんばれ！」

「……うん。ありがとう」

微笑《ほほえ》んだエミリオから離れたフロスは、出産談義で盛り上がる仲間たちの輪に交じっていった。入れ替わりに近づいてきたルーメンが少し申しわけなさそうにしている。

「ごめんね、エミリオ。この時代のオメガは、子供を生み育てることが何より幸せって考え方だから」

「ううん」

ルーメンが気遣ってくれていることは分かっている。それをまっすぐに受け止められるようになったのも、彼の気遣いのおかげだ。

「神話としては知っていたことだしね。それに……」

言葉を切って、エミリオは周囲に視線を巡らせた。性に関するあけすけな話題が飛び交う中、子供たちは気にせずはしゃぎ回っている。

子供のオメガも、エミリオは大勢手にかけてきた。個人的には、手にかけるほうがまだ気が楽だった。命を長らえたところで、人権のない子供を好む醜悪な大人たちの玩具《おもちゃ》にされ、短い一生を終えるだけだからだ。

目の前にいる子供たちは、性別に関係なくそんな目には遭わずにすむ。逞《たくま》しく育ち、愛する者を探し当てるだろう。だからエミリオも、罪悪感を脇《わき》に置いて素直に言えた。

「やっぱり、可愛《かわい》いなぁ、子供って」

何かと手のかかる、面倒な存在であることも理解しているつもりだ。それでも小さな体から目一杯のエネルギーを発し、無邪気に遊び回る姿を見ていると、自然と顔が綻《ほころ》んでしまう。

「僕らの時代は、もちろん子供は可愛いんだけど……大人未満って考え方が強かったからさ。早く大きくなって、社会に貢献すべきだっていう感じで」

エミリオが生まれ育った世界では、子供らしい子供でいられる時間は少ない。アルファであれば、さらに少ない。出会った当時からイルメールは大人びた少年だったが、高位のアルファなら一般的な姿なのだと後に知らされた。社会を背負う彼らには、一刻も早く大人になる義務があるのだ。

皮肉なことに、出生率が低下すればするほど、その傾向は強くなっていた。子供と触れ合う機会がないために、どう扱っていいか学ぶ機会がないからだ。

「特に僕は、アルファのフリしてたからさ。子供嫌いで通してたんだよね。母性は、オメガの象徴だから」

子供嫌いのアルファは多いので、不審に思われはしなかった。イルメールもその一人だ。自分の子供が生まれたらどうするのだろうな、と勝手に心配したが杞憂《きゆう》だろう。イルメール自身がそうであったように、高位のアルファの子供は乳母や教育係の手で育てられるのが普通だ。

そこへ、ぱたぱたと足音を立てて一人の子供が近寄ってきた。まだ二歳ほどだ。指をしゃぶりながらエミリオを見上げる瞳《ひとみ》はあどけない。

「あ、ごめんなさい！　お邪魔を」

母親のオメガが急いで連れ戻しにきたが、エミリオは笑って子供のよだれかけを手にし、口元を軽く拭《ぬぐ》ってやった。布越しに伝わる、ぷにぷにとした頬《ほお》と唇の感触が心地よい。

「でも、やっぱり、可愛いな。可愛いって表現できるって、いいな」

ばいばい、と手を振ってやると、子供もばいばーい！　と大きく手を振り返してくれる。

こんなふうに心のまま、子供と触れ合うなんて何年ぶりだろうか。

「ねえ、ルーメン。子供たちと遊んでもいい？　彼らが嫌じゃなければ、だけど」

「もちろんだよ。じゃ、ぼくも遊んでいこう。ねー、みんな、ぼくとエミリオと何したい？　おにごっこ？　かくれんぼ？」

その後は夕食の時間まで、エミリオは子供たちとはしゃぎ回った。騒ぎすぎて「何事ですか！」とオリバーが踏み込んでくるほど、楽しい時間を過ごした。

気づけば外はすっかり暗くなっていたが、心は明るい光に満ちている。オメガたちの館を出ても、浮かれた気分は続いていた。

「ルーメンがいない時でも、あそこに行ってもいいの？」

「もちろんだよ。オメガなら、誰《だれ》だって行っていいんだ。ただし、オリバーは連れて行ってね。エミリオは魅力的なオメガだから」

「……そう思ってくれてるみたいだね、ありがたいことに」

今この時も、主に獣人型アルファより、色をにじませた視線を露骨に浴びせられていることにはエミリオも気づいている。日に日にその頻度と濃度が上がってきているのが不気味ではあった。

「エミリオさんは、つがいを選ぶ気はないのですか」

黙って護衛を務めていたオリバーが不意に尋ねてきた。

「ええ？　う、うーん、そうだなぁ……」

ここではオメガがアルファを選べるのだ。イルメールへの想いを断ち切るには、いっそそうしたほうがいいのかもしれない。

ただし、ここでアルファを選ぶなら、やがては相手の子を孕《はら》む未来が来るのだろう。そう思うと、容易な判断はできなかった。

「いつか、いい人を見つけたらね」

子供たちと遊んでいる間は感じなかった乳腺の張りを覚える。夕食の前に、また少し絞り出しておかねばなるまい。気の重いことを考えながら、ルーメンたちの住む敷地に近づいた時だった。

「帰ったか」

いつからそこにいたのだろう。イルメールが道の脇に立ち、じっとこちらを見ていた。横にはネブラとギルバートも立っている。

戻るのを待っていたのか？　それだけでも驚きだったが、さらに意外なのはイルメールの服装だった。

「兄さん、その格好……」

「『ドミニオン』の制服では、目立ちすぎるからな」

彼はネブラやオリバー同様、皮の腰巻き一枚という身なりだった。足の裏には獣ほどの強度はないため、同じく革製のサンダルを履いているが、それ以外に身に着けているものはない。くっきりと割れた腹筋や厚い胸板を平然とさらしている。

制服を裂かれたせいもあるのだろうが、修繕を依頼すれば問題なかろう。強固すぎる意志を曲げたのは、どういう心情の変化だろうか。

おまけに、体のあちこちにアザがある。先日の怪我《けが》のせいかと思ったが、腕だけではなく、胸や腰のあたりにも爪痕《つめあと》や打撃痕らしきものがあるのだ。いずれも大したものではなさそうだが、服装の変化も加味すると嫌な予感がした。

「イルメール、どうだった？　アルファの寄り合い、面白かった？」

ルーメンが絶妙のタイミングで質問を投げた。

「ここでのアルファがどういう立場におり、どういう考え方をしているのか、知ってもらういい機会だと思いましてね」

ネブラもそつなく補足する。エミリオがオメガの館でオメガたちの話を聞いている間、イルメールもアルファの集《つど》いに参加していたらしい。

風向きが変わったのか、かすかに酒の匂《にお》いが鼻先をくすぐった。オメガの館ではのんびり茶を嗜《たしな》んでばかりだったが、アルファはアルコールに強い者が多い。寄り合いの名を借りて酒宴が開かれていたのだろう。

「体は大丈夫か」

この世界のアルファたちの中で、兄は一体どんな顔をして会話に参加していたのだろうか。体に傷が増えていることを見るに、喧嘩《けんか》でもしてきたのでは？　酒が入ると、より一層凶暴化するアルファも多いことだし……と、そちらに気を取られていたエミリオは、出し抜けな質問で現実に引き戻された。

「え、あ……うん、そうだね。……大丈夫」

曖昧《あいまい》に応じながら、兄の様子に不自然なところはないか、つい観察してしまう。痛みを抑えつけているような様子はないが、妙におとなしいというか、何かを含んだ瞳をしていた。

兄弟の態度に変化を察したのはエミリオだけではなかった。

「何かいいことでもあったか」

「え？」

質問を重ねられ、エミリオはきょとんとした。よく似た二つの顔が見つめ合う。ギルバートは「え？　そう？　いつもどおり可愛いけど？」と不思議そうにしていた。

「表情が明るい」

言われて、エミリオは思わず頰に手を当てた。子供たちと遊んだのはたった半日のことだ。イルメールと出会って以来、作り笑いの形に固まった表情筋がそんな短期間で緩むとは思わなかったが、兄は自分のことならなんでもお見通しなのだ。

ここに来る前であれば、そう思って畏怖《いふ》の念を強くしたのだろう。

「……秘密！」

数秒の後、エミリオは笑ってそう突っぱねた。

なんでもお見通しなんて、嘘だ。

変化はあったかもしれない。しかしその理由まで、兄は知らない。知らないから質問してきた。

いつもの自分なら、幼い頃から擦り込まれた服従心とひそかな恋心に操られ、言われるままにぺらぺら答えた。単純なからくりだ。イルメールは決して万能ではないのだ。ずきりと胸が痛んだが、死んでしまった赤ん坊のために乳房が張っているだけのこと。それもいずれ、時間が解決してくれる。

「――秘密だよ。ねー、ルーメン」

「うん、そうだよね。これは、ぼくたちオメガだけの秘密!!」

ルーメンもエミリオに調子を合わせてくれた。きゃっきゃとはしゃぐ二人に煙に巻かれた格好のイルメールだが、怒り出す様子はなく、何かに魅入《みい》られたように彼らの様を見つめていた。ネブラは全員の様子を静かに見守っている。

「兄さんのほうは、どうなのさ。そろそろ帰る気になった？」

微笑みを残したままでエミリオが声をかけると、はっとした表情を隠してぶっきらぼうに言い捨てる。

「お前と一緒でなければ、帰らない」

恒例の台詞《せりふ》も、今のエミリオにはあまり響かない。

「そう。まあ、好きにしなよ」

全てをお見通し、とはいかないものの、イルメールは賢い。時間のロスなく帰してもらえるとはいえ、自分たちがここで暮らした分の時は過ぎていく。

日々の訓練を怠れば仕事の能率は下がるし、勘も鈍っていくはずだ。不出来な弟を連れ帰るメリットより、無為に過ぎる時間のデメリットのほうが大きくなれば、勝手に姿を消すだろう。


乳が痛まない程度に絞り出し、夕食を終えてコテージに戻ったエミリオは、何事もなく朝を迎えた。

正確に言うと一つあった。夕食後、コテージのテラスで星空に目を輝かせていたエミリオのところに、またイルメールが来たのだ。

「きれいだなぁ。見なよオリバー！　星が、あんなに近くに見える。手で触れそうだよ！」

「ええ、本当ですね」

たくさん運動したおかげか、夕食は一際美味に感じられた。おいしい、おいしいという無邪気な連呼は食事のみに終わらず、降るような夜空への称賛もやまない。見慣れているはずのオリバーをつき合わせてしまって悪いが、気分の高揚を誰かと分け合いたかった。

今までも、心から楽しいことがないわけではなかった。仕事の内容は薄暗いものが大半だが、本物の犯罪者を捕まえて感謝されることもある。社会的地位に比例したおいしいものだって何度も食べた。兄に抱かれることも、嫌ではなかった。

しかし、それを人と分け合えた経験は少ない。周囲の誰もが「ドミニオン」の副官、イルメールの弟として扱うのだ。アルファとしての回答に気は抜けない。兄との関係など、本人が罰だと称しているものを正直に嬉《うれ》しいと言えるはずがない。

「楽しそうですね、エミリオさん」

物思いに耽《ふけ》っていたエミリオは、オリバーの一言で我に返った。いけないいけない、せっかく意識から兄が離れつつあったのに。

「うん。だって、こんなにきれいな星を誰かと見たことなかったから」

油断するとイルメールに流れ着く思考を引き剝《は》がすように、エミリオは話題を転じた。

「長期休暇で遊びに行った先でも、同じように星はきれいだったんだろうけど……、しみじみ星を見るなんて、しなかったからなぁ」

兄さんと一緒だったからね、と言いかけてやめたのだが、なんとなく伝わってしまった気配があった。だがオリバーは、素知らぬ顔でうなずくに留《とど》めた。

「つまりは、私があなたと初めて星を見るアルファというわけですね。光栄です」

「あはは、こちらこそ！」

気遣いに感謝しつつ、また空へと視線を投げた。

死者は星になるという。

生まれてこられなかったあの子。ミゲル、メイビス、ジョン、大勢のオメガたち。フロスの失われた子も含め、願わくば地上のことなど気にせず、楽しく輝いていてほしい、と思うのは生者の傲慢《ごうまん》だろうか。

兄について考えないようにしよう、しようと努めていたらこれだ。脳天気なアルファとして振る舞ってきた反動かな、僕って本当は根暗だよなぁ、と苦笑しているエミリオをじっと見つめていたオリバーが提案した。

「よろしければ、酒でも用意しましょうか」

「え、いいの？」

この世界にも酒が存在していることは昼間知ったが、今まで食事の席に出てきたことがなかった。居候の身で要求するのもどうかと思い、求める気はなかったのだが。

「そうおっしゃるということは、嗜まれるのですよね。もちろんです。オメガはアルコールを好まない者も多いですが、あなたは並のオメガとは違いますからね」

「そうだね、お酒の席に出ることも多かったし。あんまり強いのじゃないと嬉しいな」

気分転換にはいいかもしれない。頼むよ、ありがとうと微笑んで、エミリオはまた星を見上げた。唇にはまだ笑みが残っているが、星を追う瞳は憂いの色が濃い。アンバランスな横顔を見つめるオリバーの瞳は、一足先に酔ったように揺らめき始めていた。

「……エミリオさん。そんなあなただから、私は……」

「あれ、兄さん」

不意にエミリオは、視界の隅にきらりと光るものを発見した。天上でさんざめく輝きに負けぬ、王者の金。威厳に満ちた制服を着ていなくても、その強靭《きょうじん》な存在感に変わりはなかった。

「どうしたのさ。言っておくけど、帰らないよ」

まだ、まぶしい。それをありのままに受け入れながら、エミリオは先手を打った。

「……いや。その話をしに来たのではない」

イルメールは、ちらとオリバーを一瞥《いちべつ》した。

「へえ？　なら、一緒に星でも見て、ついでにお酒も……」

つい気楽に誘ってしまったが、途中で思い直した。兄は、今も昔も、共に星を見上げるような相手ではない。

「なんでもない。用がないなら、ばいばい。僕ももう眠るよ。……ごめんね、オリバー」

イルメールの顔を見てしまうと、酔う気も失せた。下手に酔っ払うと何をされるか分からない、という危機感もあり、エミリオは酒の調達を取り下げた。

「俺はつき合うよ、エミリオちゃん！」

イルメールの後ろに控えていたギルバートがすかさず言い添えたが、また今度ね、と苦笑して踵《きびす》を返した。

オリバーも二人を警戒しているようだ。もう少し星空を楽しみたい気持ちもあったが、オメガの自覚は芽生えつつある。ネブラの抑制が効いているとはいえ、こんなところで自分を巡る争いなど起こしてほしくなかった。

「そうなったら、痛い目を見るのは兄さんだものな」

相手はネブラたちが自分たちのお目付役にするような獣人二人。今度こそ回復不可能な傷を負うかもしれないのだ。さっさと帰ればいい、と思いながらベッドに入って目を閉じたが、翌朝の朝食の席にも相変わらずイルメールはいた。

「ぼくとネブラは会議があるから出かけてくるよ。夕食までには帰るから、それまで好きにしていて。昼食は外で食べてきてね」

食後、そう言い置いてルーメンは兄と去った。残されたエミリオは少し思案した後、ご馳走《ちそう》さま、と挨拶《あいさつ》をして立ち上がる。

「どこへ行く」

間を置かずイルメールに聞かれ、一言で答えた。

「散歩」

「お供します」

立ち上がったオリバーがすかさずエミリオの背を追う。少々面映《おもは》ゆいが、「ドミニオン」の副官として振る舞っていた際も護衛がつき従うのが当たり前だった。

「兄さんも来る？」

「行く」

冗談と牽制《けんせい》半々の声かけに思わぬ反応が返ってきた。思わずオリバーと顔を見合わせてしまったが、まあ、いい。本当に行き先を定めぬ散歩なのだ。無駄だと思えば、別行動になるだろう。

「なら当然、俺も行くぜ！」

ギルバートが張り切って追いかけてくる。厄介なことにならないといいな、と思いながら、神の住まいを離れて歩き出した。


今日もいい天気だ。天気がよすぎて風が吹くたびに砂埃《すなぼこり》が舞い上がるほどだが、誰も気にしていないし、エミリオもだいぶ慣れた。賑《にぎ》やかな往来にのんびりと目を配りながら歩いていると、向こうから記憶にある顔が現れた。

「やあ、エミリオ」

昨日、オメガの館にて出会ったフロスだ。小さな子供を抱いている。隣にいる人型の美形も両手に一人ずつ子供を連れていた。彼のつがいであるアルファなのだろう。

「あれ、その人はエミリオのいい人？」

フロスもエミリオがアルファ連れであることから、そう判断したようだ。誰のことを言っているのかは疑うべくもない。その視線ははっきりと、イルメールを示している。

「――違うよ！　この人は、僕の兄さん」

「そうなんだ。道理で顔がそっくりだね」

血の繋《つな》がりは一目で明らかなのだ。危うい思いをしたエミリオだが、幸いに誤解はすぐに解けた。横目でイルメールを窺《うかが》ったところ、何か言いたそうではあるが口を挟む様子はない。ギルバートは「エミリオちゃんのいい人は俺だよ！」と一人で息巻き、オリバーに脇を小突かれている。

「ああ、ほら、この子、うちの末っ子。ほら、ご挨拶」

「わあ、可愛いなぁ～。いくつ？」

瞳を輝かせたエミリオのため、腕に抱いた子供を紹介してくれようとしたオメガだが、子供は母の胸にすがるようにして顔を背けてしまった。

「ごめんね、ちょうど人見知りが始まった時期で……」

「気にしないで。ごめんね、驚かせちゃって」

小さな後頭部に謝罪する。ちゃんと目を見て挨拶したいとは思ったが、子供の意思を尊重したい。それに、淡い髪に頼りなく包まれた頭の丸みさえ可愛いのだ。いいものを見せてもらったと、自然に笑みが湧《わ》いた。

「どこに行くの？」

「市場に買い物だよ」

アルバの中心部には市場があり、週に一度の休日以外は買い物客で賑わっていることは

案内を受けていた。ネブラたちが食べるものも、そこから運ばれてきているらしい。

「そうなんだ。じゃあ、僕らも覗《のぞ》きに行こうかな」

街の構造自体はほぼ把握した。仕事柄、地理を覚えるのは得意なので、そらで地図が書

けるほどだ。ならば次は、市で手に入るものも把握しておきたい。「ドミニオン」として

制圧するためではなく、ここで生きていくために。

「でも、先立つものが……まあいいや、ウインドウショッピングも楽しいもんね」

経済状況なども分かるし、商品を含めて市場に集う人々を観察するだけでも勉強になる

だろう。思い直したエミリオに、オリバーが懐から財布を取り出した。

「買い物を希望されるなら、ネブラ様たちより預かった金がありますので、これで」

「え……いいの？」

作りの粗い貨幣を見て、エミリオは目を丸くする。

「問題ないだろう。私も何度か買い物をした。その金貨一枚あれば、半月は暮らせるだけ

の食料が賄える。ただし加工や冷蔵の技術が低いので、すぐに使う分だけ買ったほうがいいだろう」

横からイルメールにも言われ、一瞬は驚いたがすぐに納得した。貨幣の価値や商品の流通状況など、現地の情報収集については、兄も同様の訓練を受けている。遠慮というものを知らない性格の男だ。アルファの集いに参加する行き帰りにでも、市場を訪れていたに違いなかった。

ところが、いざフロスたちと別れ、本当に市場に足を踏み入れてすぐ、もっと驚かされることになる。

「あれ、イルメールさん、昨日《きのう》はどうも！」

「ああ」

押し合いへし合い、様々な商店が互いにもたれかかるようにして立っている路地の散策をし始めた矢先だった。果物屋の主人がイルメールに気づき、親しげに声をかけてきた。

「兄さん、この人の知り合い？」

何かやらかしたのか。不吉な予感を覚えたエミリオだったが、ベータらしき人の良さそうな店主が口にしたのはイルメールに受けた恩だった。

「うちの店の前で、でっかい獣アルファ同士が決闘を始めちゃってさぁ。そしたらこの人が止めに入ってくれて」

「えっ、兄さん、大丈夫だったの⁉」

エミリオが巻き込まれたのではなくても、治安維持は「ドミニオン」の使命だ。仕事一筋に生きる兄であれば、時代が違えど目の前で起こったいさかいは捨て置けなかったのかもしれない。道理であちこち怪我をしているはずである。

だがすでに、一度痛い目を見たはず。エミリオの目算ではいつ帰ってもおかしくないのに、取り返しのつかない怪我など負ったらどうするのだ。兄が守りたいのはあくまで元の世界の治安であり、彼の哲学を否定するこの世界の治安ではなかろうに。

「問題ない。ネブラも一緒だった」

事も無げにイルメールは応じ、一言つけ加えた。

「獣人との戦い方のコツも分かってきたからな。大した怪我はしていない」

「悔しいけど、俺が加勢に入る暇がないぐらいだったもんなぁ。まあ、俺なら怪我なんかしなかったけど」

ギルバートが本当に悔しそうにつぶやく。百獣の王たる力を持つ彼が言うのだから、イルメールは本当に善戦したのだろう。

「……なら、いいけど」

一体、兄は何を考えているのだ？　本当に分からなくなってきた。エミリオたちの世界でも獣人のような様相を呈している者もいるが、ほとんどが見かけだけだ。ウルヴァンやそれに比肩する名家のアルファ以外は獣の力など有していない。獣人との戦い方のコツなど、摑《つか》む必要はないだろうに。

混乱する彼を尻目《しりめ》に、店主は別の話題を口にする。

「春は、特に獣人アルファが活性化するからねえ。ネブラ様やルーメン様が、今年の催しをそろそろ発表してくださるといいんだけど」

「今年の催し？」

「ああ、アルファの闘争心を昇華するためのイベントを毎年やるんだ。あんたら、あの方たちの客なんだろう。お二人から何か聞いてないか？」

「……ううん、知らないなぁ」

聞いていないし、ネブラもルーメンも何も言わないということは、話すべきことではないのだろう。イルメールも案の定、何も答えない。エミリオが首を振ると、店主はあっさり引き下がった。

「ところでイルメールさん、それに弟さんも、よければ何か食べないか。昨日はばたばたしていて、ろくにお礼もできなかったからね」

色鮮やかな果実がざっくりとした区切りで並べられた店頭を指し、店主は気前よく言った。

「どれがいい」

間髪《かんはつ》を容《い》れずイルメールに言われ、エミリオは目をぱちぱちさせた。

「え、僕？　いいよ、この人を助けたのは兄さんでしょ」

「その私が言っている。どれがいい」

有無を言わさぬ勢いで重ねられた「どれがいい」に、エミリオは戸惑《とまど》いながら店主に水を向けた。

「え、ええと……どれがおすすめですか？」

見た目は赤味の強い柑橘《かんきつ》類やら林檎《りんご》と思《おぼ》しきもの、皮の青いレモンなどが並んでいるが、エミリオが知っているのと同品種であるとは限らない。素直におすすめを聞いてみると、店主は赤味の強い柑橘類を指した。

「獣の兄さん方は嫌だろうけど、今の時期はキトルスだね」

渡されたそれは、やはり柑橘類特有の爽《さわ》やかな芳香を放っていたが、途端にオリバーとギルバートがピクリとひげを震わせた。

「君たちは、これがだめなのか？」

おいしいならば彼らにも勧めようと思っていたのだが、店主の言うとおりのようだった。

「柑橘類は、ちょっと」

「匂いが苦手なんだよなー」

「はは、実はそう言われるのを承知で、この時期はキトルスを多めに扱うんですけどねえ。

殺気立っていても、避けてくれることが多いんで。獣人のみなさんにとっては、これは毒なんですよね」

　店主はちゃっかりとそんな裏事情を暴露した。曰《いわ》く、「人型は消化器が丈夫で、大抵のものは食べられますが、獣人は食料が限定されてますからお気の毒です」とのことだった。

　なるほど、獣人もいいことばかりではないのだ。エミリオたちの時代に獣人がいなくなったのは、腕力に勝る彼らが生存能力において劣っていたせいかもしれない。

　こういう情報も、実際に暮らしてみないとなかなか分からないなと思いながら、とりあえず受け取ったキトルスを二つに割ってみる。赤っぽい果実を一房取り出して口に含むと、瑞々《みずみず》しい果肉の味が口いっぱいに広がった。

「ちょっとすっぱいけど、おいしいなぁ」

　人為的な調整が入っていないため甘みには欠けるが、この世界そのもののような、弾《はじ》けんばかりの生命力を感じさせる。唇の端や指先に滴った果汁を、意地汚くも思わず舐め取ってしまった。取り囲むアルファたちがごくり、と喉《のど》を鳴らしたことにエミリオは気づかない。

　いくつか種類を買って、フルーツサンドを作るのも悪くなさそうだ。火を使わない料理から始めて、徐々にレパートリーを増やしていくのが妥当だろう。

「ねえ、ここには、パンを売る店……、っ」

材料を揃《そろ》えるため、新しい店の情報を得ようとした途端、ずきりと胸が痛んだ。取り繕おうとしたが、それより先に目敏《めざと》い兄に見つかってしまう。

「痛むか」

「……大丈夫。ちょっと、絞り出せれば……わっ！」

胸元にやろうとした手を掴まれたと思ったら爪先《つまさき》が宙に浮いた。イルメールに抱き上げられたのだ。

「な、何するんだよ、兄さん！」

「戻るぞ」

有無を言わさず断言したイルメールが走り出す。「怪力」が使える状況ではないが、優れたアルファである彼は、常時の身体能力だけで弟を抱えて軽々と移動できるのだ。

「気づいていないのか。発情が始まっている」

「え……？」

「つがいを持たないオメガも、妊娠して出産した後しばらくは発情期が来なくなるが、お前は……、子供を失っているからな」

耳元でささやかれた言葉に二重の意味で愕然《がくぜん》とする。確かに妊娠以降、発情期が来ないとは思っていたが、それどころではなかったので失念していた。こちらの生活に慣れ、心身が安定したことがきっかけになったのだろう。

アルファに求められているだけではない。この体もまた、アルファを欲しているんだ。懲りずにまた、次の生命を生み出そうともがいているんだ。

最初の命を奪い取った兄を前にしても。

「お待ちください、エミリオさんの護衛は私です！」

数秒は度肝を抜かれていたオリバーが慌てて口を挟んできたが、イルメールはそんな彼を冷たく睨《にら》みつけた。

「お前は、相方を見張っておけ」

折しもエミリオも勘づいていた。ギルバートが熱っぽいまなざしで自分を凝視していると。兄の腕から抜け出そうとしていたエミリオだが、下手に暴れてはギルバートその他、別のアルファの餌食《えじき》になるのは明白だった。

だが、ここはオメガが優遇される場所ではないのか。一縷《いちる》の望みにすがろうとしたエミリオの耳に、舌打ちせんばかりのオリバーの発言が突き刺さる。

「……他のアルファから、この方を遠ざけるべきである、との点では同意します。ギルバート、しっかりしろ！」

オリバーが珍しく苛立《いらだ》った声を上げ、エミリオの手からキトルスの残りを取り上げると、それをぎゅっと搾り上げてギルバートの鼻先に果汁を噴射した。苦手な匂いの直撃を食らい、ギルバートがギニャッと情けない悲鳴を上げる。

その間にイルメールはざわめく市場を掻《か》い潜《くぐ》り、あっという間にエミリオのコテージまで戻ってきた。オリバーは悶絶《もんぜつ》しているギルバートを見捨てて後を追ってきた。

振り払えない熱が意識を攪拌《かくはん》している。

今、自分が置かれた状況の危険度を知りたい。確かにそう考えているのに、実際に口から出るのはかすれた吐息だけだ。イルメールの側《そば》だけは避けるべきだと考えているのに、手足は痺《しび》れたようで使い物にならず、ベッドの上にそっと横たえられても逃げ出せずにいた。

「発情抑制剤を」

ベッドサイドに立った兄が言うのが聞こえる。そう——とにもかくにも、一番必要なのはそれだ。それさえあれば、当座の危機は回避できる。

ところがオリバーは、さも怪訝《けげん》そうに答えるではないか。

「発情抑制剤？　発情を強制的に抑える薬、という意味ですか。そんなものはありません」

「……ない？」

これにはイルメールも驚いた様子だ。エミリオも意外だった。オメガを大事にする世界なら、むしろ積極的なコントロールを行っていそうなものだが。それとも、原初のアルファが獣人の見た目と力を備えているように、原初のオメガも発情を自らで制御する機能でも持っているのか。

「ここはオメガが優遇されている世界ですよ？　自然に起こる発情を抑える必要などない」

平然とオリバーは言い切った。抑制剤が存在しない理由は、エミリオたちが思っているのとはかなり違うようだ。

「あなた方の世界では、そんなことをしてオメガの体を抑えつけているのですか？　お気の毒に……」

オリバーの手がそっとエミリオに触れようとする。イルメールはすばやくその手を払い除《の》けた。

「だが、抑制しなければ、そのへんのアルファやベータを誰彼構わず呼び込むことになるだろう」

「何か問題が？　つがいのいないオメガが発情すれば、周りの者がその発散を手伝えばいいでしょう」

イルメールが絶句する。エミリオも微熱に縛られた状態でなければ跳ね起きていただろう。

「……この世界では、オメガの同意がなければ、つがいにならないんじゃないのか？」

「ええ、なりません。発情期のオメガを抱くのは、あくまで緊急措置ですから」

ただし、とオリバーはつけ加えた。

「そこで体の相性を確かめ、つがいとなる者も多いのは事実です。自分を助けてくれたアルファへの感謝と尊敬の念が、恋愛に発展するのは当然ですからね」

オリバーが語る情報をまとめると、こうだ。つがいを持たないオメガの発情は生理現象であるため、無理に止めるような薬は存在しない。発情を抑えるためには偶然居合わせた者が協力することになっており、たまたまアルファであれば、本当につがいとなることもある。

それがこの世界の習わしだ。つがいにならずとも、別に責められることはないだろう。今回は相性のいいアルファではなかったと忘れ、次の発情期には別の誰かに身を任せる。何も問題はない。

エミリオがここで生まれ育ったオメガであれば、何も問題はない。

「や、やだ」

この世界の文化を否定はしない。いずれは全てを受け入れるつもりもあるが、物事には段階がある。極端に抑えつけられる世界が嫌で逃げ込んだ先で、別のルールを無理強《じ》いされたのでは意味がない。

今にも消え去りそうな理性をかき集めて、エミリオはベッドの上でぎゅっと体を縮こまらせた。少しでも二人から離れようと、震えながら壁際に身を寄せる。

「僕……やだ、よ。やだ。やだ」

頑是《がんぜ》無い子供のように首を振っていやいやするエミリオに、オリバーは優しい声で言い聞かせた。

「エミリオさん、大丈夫ですよ。私はひどいことをしたりしません。子供ができれば、是非産んでいただきたいと思います」

イルメールへの当てこすりも含め、彼は彼の常識の中で最大級に優しいことを言っている。創世の神が自分たちの護衛として選ぶぐらいなのだから、ギルバートも含め、彼らは非常に優秀なアルファなのだろう。二人のつがいになりたい、無理なら子供だけでも、と望むオメガも大勢いるはずだ。

そんなふうに考えてしまったせいか、遅れてギルバートもコテージの中に駆け込んできた。

「やった、間に合った！　オリバーてめえ、いつもちゃっかりおいしいところを持って行きやがって……」

着くなり状況を把握したギルバートは、どこかで顔を洗ってきたらしい。キトルスの香りはまとっておらず、代わりにぞっとするほど強烈なアルファの気配を振りまいていた。

「エミリオちゃん、オリバーは紳士ぶっているがセックスは粘着質でしつこい野郎だからな。騙されちゃいけないぜ。その点俺は」

「黙れギルバート。失礼なことを吹き込むな！　お前こそ、気に入ったオメガを追いかけ回しすぎて嫌がられているくせに！　こういうことは、オメガ自身に判断していただくのが習わしだろうが!!」

「や……だ、どっちも、やだ」

揚げ足を取り合う二人であるが、いずれにもエミリオが色好い返事をしないでいると、戦法を変えてきた。オメガの意思がなければ事に及べないルールは、発情状態でも有効であるらしい。

「エミリオさん、どうかそのようなことをおっしゃらずに。私たちはただ、あなたを助けたいだけなのです。どちらでも、あなたのお好みのほうがお相手いたしますよ」

「順番って手もあるぜ、エミリオちゃん。エミリオちゃんみたいに上等のオメガは、アルファ一人じゃ満足できないかもしれないからな」

「そうですね、無駄話を続けていてもエミリオさんが苦しむだけだ」

話は、思いがけない方向でまとまりつつあった。身を灼《や》く熱に悶《もだ》えながら、エミリオは愕然とする。

「い、や、三人、なんて、そんな」

「三人でしたことがないのですか？　慎《つつ》ましい方だ。私もそれほど好みはしませんが、どちらがアルファとして上か、はっきりと決着をつけられるのは好ましいやり方ではあります」

「こいつと一緒っていうのが業腹だが、俺は三人でやるの、結構好きだぜ。俺一人にオメガ二人ってほうがもっとイイけど、こいつの言うように、決着が手っ取り早いのは分かりやすくていい」

言いながら、ギルバートが手を伸ばしてくる。オリバーもだ。ごくり、と喉が鳴ったのは、恐怖のせいだけではないことをエミリオ自身も分かっていた。

腹の奥が燃えるように熱い。二匹の獣を前にして、エミリオも獣じみた欲望を抱き始めていた。彼らの優秀な種を注がれて、オメガの本能を満たしたいという強烈な欲望が理性を凌駕《りょうが》しつつある。

こんな時、失った子供のことを考えて自分にストップをかけるのは、かえって卑怯《ひきょう》な行為のような気がしてきた。兄に命を奪われたあの子は、隠れて産み落としたところで、まともに育てられた可能性は限りなくゼロに近い。

ピアスその他のシステムでイルメールの監視下に置かれていた身なのだ。どうにかしてそれを掻い潜ったところで、人間の子供の生育には莫大《ばくだい》な手間がかかる。「ドミニオン」の仕事との両立は不可能。誰かに頼みなどすれば、その時点で発覚し、兄に報告が行くだろう。

最悪、兄ではなく政敵などの手に情報が渡り、メディアに一大スキャンダルとしてばらまかれていた可能性さえあった。自分たち兄弟どころか、ウルヴァン一族全員が石を投げつけられかねないアクシデント。その引き金を引いたのは己だという自覚はある。

何をしても周囲に迷惑をかけるオメガが、あの時代に生を受けたこと自体が間違いだったのだ。ならばルーメンたちが与えてくれたチャンスを使って、この世界でやり直したい。この世界で生きていくなら、この世界の流儀に従うのが正しいのでは？

「私の弟に触るな！」

冷たい水のような命令が熱に爆《は》ぜそうな頭に降り注いだ。ベッドに乗り上がったイルメールがエミリオを庇《かば》うような位置を取り、獣人たちを睨みつけている。

「……あなたは聡明《そうめい》な方だと伺っておりますよ、イルメールさん。ですからそろそろ、空気を読んで出て行っていただけませんか」

「そうだぜ。いくら兄貴とはいえ、あんたはエミリオちゃんをひどい目に遭わせた最低のアルファなんだからな」

なまじオメガの意思を尊重せねばならないためか、出遅れた二人が口々に不平を垂れた。

「あなたがいるから、エミリオさんも素直に本能に身を任せられないのでしょう。恥ずかしがり屋で、可愛らしい方だ。ますます、幸せにして差し上げたくなりました」

「久しぶりにお前と完璧《かんぺき》に意見が合ったな、オリバー。そういうことだ、クソ兄貴。エミリオちゃんにも散々帰れって言われてるじゃねーか。とっとと失せろ！」

ガルッと威嚇《いかく》のうなりを織り交ぜてギルバートが吠《ほ》えた。その声にさえ、恐怖よりも官能を煽《あお》られる始末だ。エミリオは覚悟を決めて口を開いた。

「に……さん、僕は」

「私が相手をする」

この際、まだギルバートよりもオリバーのほうがいい。そんなエミリオの決意を、イルメールは言下に切って捨てた。

オリバーは内心エミリオの決意を読んでいたのだろう。満足そうに答えを待っていたところから一転、彼らしくもなく口を半開きにして固まった。

「な……何を言っているんだ、お前。エミリオちゃんの子供を殺しておいて……！」

ギルバートは率直な怒りを露《あら》わにしたが、イルメールはその反応を読んでいた。

「子供を作らなければいいのだろう。一応聞くが、この世界に避妊のための器具は？」

獣人たちの反応は、初めてその単語を聞いた者のそれだった。何を言っているんだ、という顔を見てイルメールはため息をつく。

「……そうだろうな。分かった。挿入はしない」

「いや、待て、そういう問題じゃねえだろ！」

「業腹ですがギルバートの言うとおりです。オメガの発情期は子宮に精を受けて終わるものであって、そのようなおためごかしで解決する問題では……！」

ごまかされはしないと、獣人たちはなおも騒ぐが、イルメールはもう彼らの発言を聞いていなかった。

「エミリオ」

その目が捉《とら》え、その耳が待つのは、腕に抱いた弟の意思のみ。

「お前は私よりも、こいつらに抱かれたいか。こいつらの子供がほしいか？」

前半部分だけであれば、うなずいたかもしれない。しかし後半を聞いてしまうと、わずかに残った理性が青ざめた。

子供がほしいかどうか、という話ではない。兄ではなく、オリバーやギルバートの子供がほしいかと問われると、心の深い部分が敏感に、明確に、拒否したのだ。

気づけば勝手に体が動いていた。動いたといっても、ふるっと小さく身を震わせたに近いものだったが、とにかくエミリオは首を横に振った。

「決まりだな」

優越感もなく、当たり前のようにうなずいたイルメールを見て獣たちは牙《きば》を剝《む》き出す。

「……ひどいアルファを好んでしまうオメガもいますからね。あなたが一刻も早く目を覚ますことを祈ります」

それは憎々しげにオリバーは言ったが、捨て台詞でしかなかった。ギルバートもう一う一と威嚇音を放ち続けているが、それだけだ。オメガに拒まれた以上、この世界のアルファはもう何もできない。

「この件、ネブラ様たちにも報告しますよ」

「好きにしろ。どうせ連中は、何もかもお見通しだろうしな」

イルメールもネブラに何もかも見抜かれ、諭《さと》されたことでもあるのだろう。開き直ったように言い放つと、オリバーたちは逞しい肩をそびやかして出て行った。

「エミリオ」

その姿を見送ることはない。振り返ったイルメールの瞳は発情に揺れるエミリオだけを映していた。

久しぶりの二人きり。しかもベッドの上で、自分は発情しており、兄を受け入れるような意思表示をしてみせた。この後の流れは分かりきっているではないか。

「じ、自分、で！」

咄嗟《とっさ》に、エミリオはそう言った。同時に体を丸め、少しでも兄から距離を取ろうとするが、イルメールは妙に優しい声で言い聞かせてくる。

「自分でどうにかできるものではないことは、お前自身が分かっているだろう？」

骨張った長い指がそっとハニーブロンドを撫でた。さらりと乾いた感触は心地よいのに、どうしても物足りなさが先に立つ。

もっと触れてほしい。

もっと奥まで。一番奥まで、このすばらしいアルファをくわえ込みたい。

心と体の言うことがバラバラだ。その狭間《はざま》で引き裂かれるのが自分だけなら自業自得だが、幼い命まですり潰《つぶ》されたことを考えると、一時の快楽に身を任せることはできなかった。

「や……だめ、ぼく、もう……！」

この上は、舌でも噛《か》むしかないのか。だが自死の方法としては成功率が低すぎる。何か手立ては、と茹《ゆ》だる頭で意味のないことを考えているエミリオに、イルメールは揺らがぬ口調で言い聞かせ続ける。

「安心しろ。妊娠に至るようなことはしない」

嘘をつくな、と言いたい。発情期のオメガ、それも何度も蹂躙《じゅうりん》してきたオメガを前にして、アルファがそのような我慢をするものか。

八つ当たり気味に考えてからはっとする。そう、イルメールは発情したオメガを前にしたアルファなのだ。同じ立場に置かれたオリバーは普段の紳士的な態度が薄れ、気の合わないギルバートと共謀する素振りさえ見せた。エミリオ自身の思考も、新たな妊娠を肯定するほうに傾いていたことに気づき、遅ればせながら背筋が冷える。

しかしイルメールは、あくまで避妊を前提とした発言をする。

それがエミリオを丸め込むための嘘だとしてもだ。「怪力」を封じられているとはいえ、もともと圧倒的な格差のある兄弟である。丸め込むこと自体が必要ない。ましてエミリオは発情している今、どんな理屈もいらないだろうに。

思わず、兄を見上げた。その目を見たら従ってしまいそうで、懸命に避けていたアイスブルーを覗き込もうとすると、イルメールは珍しくエミリオの視線を避けた。

「……そんな目で見るな」

自制が効かなくなる。

悔しいような、切ないような声でつぶやいたイルメールの手が伸びてくる。一瞬びくりと身を竦《すく》めたエミリオだが、逆らおうという気にはなれなかった。

「力を抜いて、横になれ。……そうだ」

一体何が起こっているのだろう。これは本当に、あの冷たい兄だろうか？　疑念はまだ残っているが、いい加減我慢も限界だった。撫でるような触れ方に逆に煽られる。もっと、乱暴なまでに、求めてほしい。

「ん、あぁっ！」

胸元をはだけられはしたが、あくまで熱を逃がすための措置のようだ。ぴんととがり、刺激を求めている乳首には何もせず、イルメールはエミリオの帯を緩めて貫頭衣をたくし上げた。簡素な下穿《したば》きを足から抜かれ、もう先をぐっしょりと濡《ぬ》らした性器を摑まれる。

「あっ、あっあっ」

待ち望んでいた感触に耐えかねて、先端を自らイルメールの手の平に擦《こす》りつけてしまう。はしたないと叱《しか》ることもなく、イルメールはエミリオの隣に身を横たえて抱き寄せると、ほしいだけ亀頭《きとう》を愛撫《あいぶ》してくれた。

「はっ、は、あ……！」

びくびくっと体が震え、張り詰めた茎が呆気《あっけ》なく蜜《みつ》を噴く。しかし、満足が得られたのは一瞬だった。オメガは普通の男とは違う。前でイッただけでは終われない。後ろもとっくにびしょびしょで、慣れ親しんだ蹂躙を求め浅ましく口を開けていた。

「に……さん、兄さん」

「分かっている」

急《せ》かすな、と怒ることもなく、イルメールの手が尻たぶを割り開く。すでに絶頂した後のようにぬめる穴へと、指が二本、埋め込まれた。

「は、あァ！」

迷いなく前立腺《ぜんりつせん》を潰すしぐさに、息が止まりそうな幸福を覚える。気持ちがいい。気持ちがよくてたまらない。全身を駆け巡る多幸感とは裏腹に、前はくったりと頭を垂れているが、これは得ている快感の種類が違うからだ。

後ろを抉《えぐ》られることによる快楽は、俗にメスイキとも言われ、精子を噴き出すといった分かりやすい終点を持たない。代わりに、高いところをいつまでもフワフワと漂うような切れ目のない悦楽を与えてくれる。

永遠にこうしていてほしいぐらいだ。とはいえ、体力には限界がある。第一この行為は、ただ快楽を貪《むさぼ》るためのものではない。

「い、れて。ねえ、いれて、兄さん」

指はすでに三本、下手すれば四本、挿入されている。エミリオが、発情したオメガが求めるのは指ではないことぐらい、イルメールでなくても分かるはずだ。

「……だめだ」

ぎり、と奥歯を噛み締めながら、イルメールはエミリオの中を穿《うが》つ動きを激しくした。いつしか密着した状態になっていたため、兄の乱れた呼吸が耳元で忙《せわ》しなく鳴り響く。ガチガチに硬くなった一物《いちもつ》は太股《ふともも》に突き刺さるようだ。

「なんで、ねえ、なんで、にい、んッ」

大義名分は整っている。このまま挿入に及び、妊娠させたとしても、この世界のアルファたちもイルメールを責めはしないだろう。だから、と甘く誘うエミリオの唇を激しいキスで塞《ふさ》ぎ、イルメールはなおも執拗《しつよう》にアナルへの愛撫を続けた。

ひたすら後ろを使われて終わり、という行為を繰り返してきたため、口づけの記憶はあまりない。体よりも心を満たす行為が肉欲の高まりを止めた。愛されているような錯覚に、うっとりと酔いしれる。

安堵《あんど》がホルモンのバランスを崩したのだろう。胸元にじわりと何かが染みた気配がした。

「ん、ん、あっ、あっ……!?」

たちまちキスへの酔いなど吹き飛んだ。にわかに慌て始めたエミリオに、イルメールも怪訝な顔をする。

「どうした。何が……」

愕然としているエミリオの視線に従い、その胸のあたりを見たイルメールが息を詰める気配がした。

「……こんなふうに出るのか」

「！　……ば、馬鹿、放して……！」

母乳の染み出した乳首を見るなりの第一声に、エミリオは真っ赤になってイルメールを突き放そうとした。しかしイルメールは、さっきまでの物分かりの良さはどこへやら、解放してくれる気配はない。

それどころか、軽く身を屈《かが》めるようにして胸元に顔を寄せてきた。止める暇もなく濡れた乳首に吸いつかれる。

「ふ、あ……！」

ぢゅ、と湿った音を立てて先端を吸われるたび、溜まった乳が吸い出されていく。抱くこともできなかった赤子のために作られた母乳が、その父親によって初めて吸い出される、倒錯的な快感にエミリオは身悶えた。

「ひゃ、ン……っ……！　や、す、吸っちゃ、だめッ……！」

「大人が飲むと、腹を壊すらしいな。だが……」

とんちんかんな雑学を述べたイルメールが、ぺろりと薄白い液体を舐めてつぶやく。

「……甘い」

それは単純な感想ではなかった。押し殺された、かすかな後悔を、エミリオは聞き逃さなかった。

今さら。

「なんで、なんで」

不意に湧き上がった感情が堰《せき》を切る。ぼろぼろと涙を流しながら、エミリオは震える手でイルメールを胸から引き剝がし、逆に彼の胸を殴りつけた。

「なんで、僕、助けた、の」

横になったまま、しかも発情の熱冷めやらぬままの拳《こぶし》だ。まるで力が入っておらず、避けても意味がない、と思っているのかもしれないが、イルメールはされるがままだった。

「なんで、僕、殺さなかったの。なんで、あの子は、なんで、なんで……！」

飛び降りた時も、思わぬ命を拾ってこの世界で目覚めた後も、エミリオは兄を責めなかった。イルメールの人となりは、嫌になるぐらいよく知っている。そんなことをしても無駄だと、経験から知っていた。

せっかく得たやり直しのチャンスなのだ。氷塊のようにそびえ立つアルファの改心など願っても無意味。さっさとご退場を願い、ここで楽しく暮らせるために溶け込む方法を模索しよう。それればかりを願っていたのに、なぜ、今さら。

「兄さんは、ここで何を見たの」

いつしか発情の熱は冷めていた。まだ出産により傷ついた子宮の回復が終わっていないせいか、ある程度の情欲を発散して満足したせいかは知らないが、理性を焼き払うような火は消えている。

原始的な欲望が去ったからこそ、純粋な疑問が募る。ここに来てからというもの、イルメールの行動は矛盾だらけだ。

「一体、どうしたの。なんでさっさと帰らないの。何が、したいの」

「私は……」

汗で額に貼《は》りついた前髪をかき上げて、イルメールは自らの心を探るような目をする。

「私は、ここに来てから、いろいろなことを考えた。お前のことを、考えた」

長広舌を振るうことは少ないが、その気になればいくらでも理路整然とした演説ができる男だ。そんな彼にしては妙に辿々《たどたど》しい、まるで小さな子供が覚えたての言葉を操ろうとしているような覚束《おぼつか》なさで、イルメールは結論を述べた。

「……私は。私は、お前と一緒に……、帰り、たい」

気を持たせた割に、辿り着いた結論は初めてこの世界に来た時から聞かされていたものと変わりない。しかしエミリオにはその違いが分かった。

この人は本当の意味で、僕を連れて帰るつもりなんだ。

ただ腕を引っ張って、体だけ前のように側に置くつもりじゃない。僕が心から納得して、喜んで兄さんの側にいることを望んでいるんだ。

だから、馬鹿正直にルーメンと交わした約束を守って、セックスも暴力も使わずに口説《くど》く方法を探しているんだ。

その考えは、ずっと一方的な恋慕を抱えていたエミリオに、痺れるような優越感をもたらした。

「——分かった。でも、今日はとりあえず自分のコテージに戻りなよ、兄さん」

そう告げたエミリオの声は、自分でも驚くほどに優しく、慈愛に満ちていた。

イルメールは出て行った。ある程度時間を置いて、胸の痛みが——肉体的なものはもちろん、精神的なものも――収まったのを確認してからエミリオもコテージを出た。向かう先は創世神の住まう館である。

オリバーやギルバートたちと鉢合わせる可能性もあったが、報告に行くと言って去ってからもう一時間以上は過ぎていた。戻ってくる様子がないのは、お邪魔虫になることを懸念してだろう。一度発情期に突入したオメガは、長ければ一週間近くの間、男をくわえ込んで放さないことはエミリオも知識としては知っている。

館の中には神々の世話を担う人々も何人かいるが、いずれも顔見知りであり、ここにエミリオがいることになんら不信感を抱いていない様子である。エミリオとしても、別にやましい目的で来たのではないのだが、得意のポーカーフェイスを発動させて何食わぬ顔で尋ねた。

「ネブラとルーメンはいる？」

「先程お戻りになりましたよ」

「訪ねて行っても大丈夫かな」

「今日のお仕事はもう終わりだとおっしゃっていましたから、問題ないと思います」

会議とやらも終わったようだ。市場で聞いた、アルファの暴力性を発散させるためのイベントとやらはもう決まったのだろうか。

「ついでに教えてくれると嬉しいな」

軽口を叩《たた》きながら、板張りの廊下をキシキシと踏み鳴らし、二人がいると思しき奥の部屋へと向かう。

決まっているのなら、是非知りたいものだ。

これからは何度も何度も、春が来るたびに味わうことになるイベントなのだから。

「できれば、ルーメンが席を外してくれている間に……おっと」

都合のいいことを考えながら歩いていたエミリオの前に、兄弟神の私室に繋ぐ間仕切りの布が現れた。場所は知らされていたが、実際に、それも約束抜きで訪れるのは初めてだ。

どう声をかけようか、考えながら近づいたエミリオの耳に甘ったるい吐息が飛び込んできた。

「ん……、はぁ……」
快楽の余韻の海に浸っていたルーメンは、悦《よろこ》びの源が抜け出ていく感触にぶるりと身を震わせた
「もう、抜いちゃうの、ネブラ……？」
くちゅり、と湿った水音を立て、ねだる相手は当然ながらつがいのネブラだ。大きな寝台の上に寝そべり、素裸で上に乗ったルーメンの太股を優しく撫でていた黒い狼《おおかみ》は、素

知らぬ顔でとぼける。

「一度だけの約束でしょう。まだ日が高いですよ？」

「そんなこと言って、ネブラだって……、こんなに、カチカチ」

愛《いと》おしそうに、憎らしそうに、ルーメンは唇をとがらせた。細い指先で、まだ入ったままのネブラの怒張を撫でる。なじられたネブラが鋭い歯をかすかに食い締めたのを見て、ルーメンはここぞとばかりに上体を倒した。

体位が変わったことにより、抜け出そうになっていた亀頭が奥へと吸い込まれていく。硬い毛がさわさわと素肌のあちこちを撫でる感触と相まって、それは薄れかけていた性感を呼び覚ました。んん、とむずかるような甘い声を吐きながら、ルーメンはとびきりの誘惑を込めた声を出した。

「あの子たちのおかげで、せっかく日の高いうちからセックスする時間が持てたんだもの。明るいところでするの、嫌い……？」

その顔は、酸いも甘いも知り尽くした娼婦《しょうふ》のものだ。健康的な白い肌の少年は、姿を変えずにもう一つの顔を惜しみなくさらけ出していた。

「とんでもない、大好きですよ。可愛いあなたの全てが、よく見える……」

少しだけかすれた声は、先ほどまでの激しい行為を思わせる。金色の狼の瞳もまた、常の理性を薪《まき》として激しく燃えさかっていた。胸の上に乗ったルーメンの脇に手を入れ、彼を持ち上げたネブラは、薄いその体の向こうに一瞬視線をくれた。

「それに、運命のつがい同士のセックスの良さを、よく見せることもできますからね」

「えっ？　……ひゃんッ！」

思わず身を乗り出したのだろう。間仕切りの布がかすかに揺れたのにほくそ笑みながら、ネブラは持ち上げたつがいの体を叩きつけるように腹の上へ落とした。

「――……ッ……！」

自重も手伝い、思いきり最奥を突き上げられたルーメンが白い喉をさらすように大きく仰《の》け反《ぞ》る。華奢《きゃしゃ》な体では衝撃を殺しきれず、大きく割られた足がぶるぶると痙攣《けいれん》するように震えていた。

「ヒ、あ、ぁ……」

獣人アルファとオメガだ。エミリオと違ってオメガの平均的な体格を持つルーメンであるため、ネブラとの体格差は二倍近い。創世のアルファにふさわしい男根を打ち込まれた薄い腹は、かすかにその形をなぞるようにしてふくらんでいた。さながら魔獣に捧げられし生け贄《にえ》の美少年の図である。

「ン、はぁ……すごぉい……」

しかし、ひくひくとその喉を震わせるのは苦痛や絶望ではない。蕩《とろ》けた瞳には紛れもない喜悦があり、乳首も控えめな性器もぴんと反り返って快感を示していた。

「ね、これで終わりじゃあ、ない、でしょ……？　ぼくのおなか、突き破るぐらい、くれるよね……？」

ネブラを収めた腹を撫で、挑発する姿は淫蕩《いんとう》な聖母そのものだ。空いた手を自らの胸元に伸ばそうとした矢先、ネブラはその手を掴むとぐっと突き上げた。

「ひっ、ぐ、あぅ……！」

口は生意気だが、体力は休みのない行為に底が尽きかけている。分かっていて、ネブラは容赦なく腰を使った。寝台が壊れそうなほどに揺すり上げ、反射的に逃れようとする体を縫い止めて、声ばかりは優しくたしなめる。

「だめですよ、そこに触れていいのは私だけだと何度も言ったでしょう？」

ネブラの長い指は、愛するつがいの脇を持ち上げた状態でその乳首を撫で転がすことができる。串刺《くしざ》しにされて揺すられながら乳頭を捏《こ》ねられて、ルーメンは再び言葉を失った。

意味をなさない、悲鳴とも喘《あえ》ぎともつかない湿った息がひっきりなしに漏れる。黒い狼にかき鳴らされる、彼専用の楽器。それでもルーメンが快感を感じているのは、とろとろと蜜を噴き零《こぼ》す性器から歴然だった。

「あっ、んぅ！」

抱き寄せられ、鎖骨や胸元に牙を立てられても、ルーメンの表情は快楽以外を示さない。

むしろ甘いだけでは足りないとばかりに、獣の頭を抱いて求める始末。彼の小さな歯もすぐ側に来た狼の耳に噛みついて、同じだけの興奮を伝えていた。

軋《きし》み続ける寝台。ぬるぬるとぬめる穴で熱い肉棒を頬張りながら、ルーメンはネブラに抱きついて彼の精を受け止める瞬間を待っていた。ネブラも食い縛った牙の間から荒い息を吐き、すぐそこまで迫った絶頂を迎えようとしている。

だが彼には、その前に言わねばならぬ言葉があった。

「構いませんよ、入っていらっしゃい、エミリオ」

「！　え、ええっ⁉」

間仕切りの向こう、硬直していた影がうわずった声を漏らす。はっと我に返ったルーメンが少し焦ったように言った。

「あ！　んや、ネブラ、ぼく、まだ……！」

「ええ、もちろん、あなたもしっかり満足させてあげます……！」

二兎《にと》を追い、一兎も逃がさぬのが創世のアルファたるゆえんだ。ルーメンに打ちつける腰の動きも緩めることなく、ネブラは頭から食い尽くすような勢いで最愛のオメガの腹へと欲望を迸《ほとばし》らせた。

入っていいと言われても、どうすればいいのだ。さりとてコテージに戻ることもできず、目はかすかな風にずれた間仕切りの向こう、繰り広げられる兄弟の痴態に吸いつけられて動かせない。

硬直していたエミリオをからかうように再び風が吹き、間仕切りの布がずれて目隠しの役目を完全に取り戻した。と思ったら、いきなりがばっと、まくり上げられた。

忽然《こつぜん》とそこに立っていたのは、腰帯の結び目が少し粗いネブラだった。奥にある大きなベッドの上には、しどけない姿のままのルーメンがぐったりと寝そべっている。はだけられた白い胸の上には、獣の牙で甘噛みされた痕跡《こんせき》がいくつも浮いていた。生々しい性の香りが部屋中に色濃く漂っている。

黒い狼の上、捕食されているようでいて獣を嬉しげに頬張る、白い体。絡み合う二人は、特にルーメンは、今まで見た中で一番美しかった。

「ご、ごめん！　僕、つい」

何が起こっているかはすぐに察した。だが、普段とは打って変わって淫靡《いんび》なルーメンの声音や荒々しいネブラの様子が足に根を生やしてしまい、動くに動けなかったのだ。

「構いません。こちらでは、あなた方の時代ほど閨《ねや》は秘さねばならぬものではありませんので」

赤い顔で謝罪するエミリオにネブラは鷹揚《おうよう》に笑い、ルーメンは手近に置いてあった衣服を引っかけて立ち上がった。自らの力で回復したのか、その足取りはしっかりしている。

「それじゃ、ぼくはさすがに疲れたから、湯浴みしてくるね」

「……ごめん、ルーメン」

本当に、何もかもお見通しなのだ。分かっていたが、状況が状況であるだけに申しわけなさを覚えるエミリオに、ルーメンは余裕たっぷりのウインクを飛ばす。

「構わないよ。見せつけるためだとしても、この時間からいっぱいえっちなことしてもらえたし。それにエミリオほどじゃないけど、ぼく、気が利くの！」

「……ありがと！」

負けじと、エミリオも鍛え上げたウインクを返した。一瞬、イルメールの目にさっきのルーメンはどう映るだろうと埒《らち》もないことを考えたが、ここで気後れしてはいけない。ルーメンもネブラも、何を言いに来たかは分かっているだろうが、自分の口から意見として発することが肝要なのだ。

改めて二人きりで向き合ったネブラの威圧感は相当なものである。アルファとオメガ、人と獣人。本能が逃げろ、と警告を発するが、こちらを見つめる狼の瞳は理知的で思慮深い。長兄、父親、家長、そういったエッセンスを凝縮したような存在感。

厳しくも温かい手の平に背を押されたような気持ちで、エミリオは口火を切った。

「兄さんだけ、元の時代に帰してほしい」

「――なるほど」

エミリオの願いを聞いたネブラは、すっと瞳を細めた。

「まだまだ何もかも足りないことだらけですが、イルメールはあなたを連れて帰るために、一応の努力はしているようですよ。アルファの集会に連れて行った時の彼は吊《つる》し上げを食らったような状態で、私が側にいなければ殺されていたかもしれませんが、反論もせずにじっと話を聞いていた」

「……ずいぶんと、兄さんの肩を持つんだね」

最初からイルメールに対する敵意を隠さずにいたネブラにしては意外な反応だった。ルーメンが席を外すことを願ったのは、時々イルメールに対して同情を覗かせる彼がいると説得されそうだったからなのだが。

「そういうつもりはありませんが、判断を下すためには全ての情報が必要かと思いまして」

「そうだね。僕も、兄さんが変化している、変わろうとしていることは分かっているよ」

兄は横暴な独裁者として見られがちだが、オメガ殲滅《せんめつ》という絶対の意思撤回以外のこと、たとえばその殲滅方法についてなどの改善意見があればきちんと考慮はするのだ。現在の彼は、エミリオを連れ戻して元の関係に戻ることが最優先。そのためであれば、他のことは後回しにできる。

それだけなのだ。

「だけど、僕はそれじゃ足りないんだ。僕は、あの人が好きなんだ。あの人と、恋人として結ばれたいんだ」

オメガが優遇される世界で過ごし、オメガ殲滅の意思が潰《つい》えた。全てを水に流し、元の時代に戻ったとしよう。これまでのように、無体を働かれることはなくなるだろう。今のイルメールであれば、弟がオメガであることを公表した上で、守ってくれる未来さえあり得る。

そしてイルメールはメリゴ・コンチネントの誰かとでも結婚し、子を成して、エミリオも同じ幸福を摑めるよう尽力してくれるだろう。そんなのは、死んでもごめんだった。

「兄さんはいまだに、僕が兄さんをどういう意味で好きなのか理解していない。それじゃ、だめだ。それじゃ、どこにいたって、意味がないんだ……！」

「ということは、あなたはここに残りたい、ということですよね」

血を吐くような激白を、ネブラは柔らかく問い返してきた。

「あなたは、ここで生きるオメガがどういうものか知りましたね」

「……うん」

アルファに愛され、守られ、大事にされているオメガたち。しかし彼らにも役割がある。愛され、守られ、大事にされるのは、この世界の未来を担う重責を負っているからだ。

「ならば、あなた好みのアルファを選び、相手とつがって子供を産んでいただく必要があります。幸いに肉体は完全に回復しつつあるようですし。あなたの時代の医療技術は実に優秀ですね」

想定どおりの要求に指先が震えた。あの、子連れオメガの幸福そうな顔を無理やり思い出す。

「——分かってる。大丈夫。子供たちと遊ぶの、すごく楽しかったし。ここなら、出産も子育ても支援してもらえるだろうしね」

口に出してしまえば肩の力が抜けた。ミゲル、メイビス、顔も見ないままに失ってしまった兄との子。彼らに何もできなかった無力感と罪悪感はいまだ強いが、嘆いたところで死者は蘇《よみがえ》らない。エミリオにできるのは、同じ過ちを繰り返さないようにするだけだ。

「よろしいのですか？　あなたは、あまりアルファとのセックスを好まないようだ。子作りのためだけの性行為は、あなたはもちろん、相手のアルファにとっても苦痛となる可能性がありますよ」

「……分かってる」

ここのオメガは体だけではなく、心も求められる存在だ。それだけに拒まれたと感じれば、相手が傷つく可能性はある。

「だけど、何度だってやり直せるような環境も整っている世界だものね。冷たいようだけど、合わなければ悪い犬でも噛んだと思って忘れてほしいな」

軽口を叩くだけの調子が戻ってきたエミリオは、芝居がかったしぐさで肩を竦めてみせた。

「それに、やり直してるうちに、見つかるかもしれないしね。ぼくの、運命のつがいってやつがさ」

つい先ほどまで、ここで濃厚に愛を交わしていた兄弟神たちを思い出す。ついつい覗き見のような真似《まね》をしてしまったのは、刺激的だったと同時に、彼らがいかにも幸せそうだったからだ。時に激しい行為も許し合っているゆえだと、分かったからだ。

「ずっとアルファとして生きてきたし、兄さん以外知らなかったから、あの人じゃないアルファに抱かれるなんて考えただけでも怖かった。でも……ネブラだって、運命のつがいのすばらしさを教えるために、わざわざ見せつけてくれちゃったんでしょ？」

特に「ドミニオン」は優秀なアルファ揃いなのだ。兄の分まで部下たちとつき合いを深める必要があったエミリオは、違法な風俗店でオメガをどうしたこうしたと自慢する、下劣な自慢話にも笑顔で聞き入らねばならなかった。僕の正体がバレたら、きっと同じ目に遭わされるんだろうな。おぞましさに鳥肌が立つ二の腕をさすりながら、自然に話題を変えようと必死だった。

だが、オメガが尊重されるこの世界で運命のつがいを見つければ、二度とそんな恐怖を味わわずにすむだろう。努めて前向きになろうとするエミリオの本気は、確かにネブラに伝わったようだった。

「分かりました。あなたのために、最高のつがいを選ぶイベントを開きましょう」

「……は？」

まん丸く目を見開き、エミリオはネブラの顔を見た。端整な狼の顔は、決して冗談を言っているようではなかった。

「もう誰かに聞いているかもしれませんが、この時期になるとつがいを持たないアルファは凶暴化します。彼らの暴力性を発散するため、我々も毎年頭を悩ませています」

そこまでは、確かに聞いた話である。

「とはいえ、暴力性を発散させるなら、実際に殴り合うのが一番手っ取り早いです。殺さないなら何をやってもいい、程度の縛りで格闘試合を行うのが恒例なのですが、今回はあなた方のことがありますからね。今日の会議でも決定せず、いったん持ち帰りとしました」

だから会議が早く終わり、セックスする時間ができたというわけか。思わず二人が使っていたベッドに視線を投げたエミリオは、ぐしゃぐしゃの布団にあからさまな痕跡を見て、慌てて顔を背けた。

「ですが、あなたの気持ちが固まったのなら丁度いい。つがいを持たないアルファたちの間では、あなたは噂《うわさ》の的になっています、エミリオ。あなたの身の安全を保証するためにも、誰の目にも分かるような、強力なアルファとつがいとなったことをアピールしたほうがいいでしょう」

いかがですか？　と問いかけられて、しばらくの間エミリオは固まっていた。

しかし、ややあって、にっと強気に微笑んだ。

「――面白そうじゃん！　いいね、どうせつがうなら、最高のアルファじゃないと!!」

こちらに来て間もなく、アルファ同士の戦いを頬を上気させて見守っていたオメガを思い出す。

あれがエミリオの目指すべき姿。オメガのあるべき姿。奪い合われるに足る存在であることを楽しみ、子を成す相手を選定する。そうでなければ、この世界で生きていく意味がない。

「ルーメンに、いっつもあなたとの仲を自慢されるしね。あなたよりもすてきなアルファを捕まえて、見返してやらないと！」

「思ったとおり、あなたは私の弟とよく似ていますね。その心意気やよし。明日の会議でこのことは正式に決定しますので、お楽しみに」

楽しげに言ったネブラが腰帯を結び直し、身支度を整える。

「イルメールには、今から私が話してきます。あなたはここにいてください。念のために、オリバーとギルバートも呼びますので、少々お待ちを」

創世神の客人、極上のオメガを賭《か》けた格闘大会。それが開かれるとの報は、あっという間にアルバを席巻した。

特に色めき立ったのは、もちろんつがいを持たないアルファたちだ。いつもなら単純な格闘大会であり、その過程で意中のオメガにアピールする、もしくは向こうからモーションをかけてくるのを待つのだが、今回は最初からつがいが用意されている。賞品サイドが最初からその気なのだ。勝ちさえすれば、つがうのが嫌とは言うまい。

つまりは最低でも闘争心の発散ができ、うまくいけば創世神お墨付きのオメガとつがえる。願ってもないイベントだと、大盛り上がりであった。

「だけど、いいの？　エミリオ。君はまだ、ここに馴染《なじ》みきっていないようだけど……」

オメガの館にて心配そうな顔をしているのはフロスである。その子供たちと数合わせ遊びを楽しみながら、エミリオは笑顔を作った。

「馴染みきっていないからこそ、の荒療治だよ。僕はここで生きていくんだ。この世界のオメガの役割を、一刻も早くまっとうできるようにならなくちゃ。子供も、早くほしいしね」

上の子が下の子に一生懸命ルールを説明する、微笑ましい姿を限りない愛おしさを込めて見つめる。他人の子供がこんなに可愛いのだから、自分の子供ならもっと可愛いだろう。

早くそうなってほしい。この胸の空隙《くうげき》を、天使の笑顔で埋めてほしい。母乳に胸が張る痛みはなくなったが、あの子の痕跡が完全に消えた事実が代わって心臓を刺す時があるのだ。

「大丈夫だよ。一人で火も点《つ》けられるし、ここのやり方で料理もできるようになったし。大会が終わったら、ルーメンの従者として正式に雇ってくれるって話だし」

つがいを選ぶ、と腹を括《くく》ったエミリオは、より積極的にアルバでの暮らしに溶け込もうとしていた。オメガの館に頻繁に足を運ぶのもその一環だ。これからはオメガとしては高い戦闘能力で、ルーメンの役に立っていきたいと思う。

「でも……この話、君のお兄さんは承知しているの？」

一目会っただけなのに、彼はずいぶんとイルメールのことを気にしている様子だ。ありがたい話だが、もうすんだことだ。

「フロスはやけに、兄さんのことを気にするね」

暗にそろそろやめてくれ、と牽制したつもりだったのだが、フロスは意外な話を始めた。

「実はね、俺のつがいが、アルファの寄り合いで君の兄さんと会ったって言っていてさ」

「え？」

「ネブラ様に連れられて来たんだ。なんでも、オメガをひどく扱ったっていう話で……酒も入った席だったし、特に獣人アルファが怒り出してね。一悶着《ひともんちゃく》あったみたいだけど、君の兄さん、強いんだね。酔っているとはいえ、獣人相手に互角に戦って、最後には喝采《かっさい》を浴びたって」

「そ、そうなんだ」

アルバに住むアルファなら、同席していても不思議はあるまい。動揺を抑えて相槌《あいづち》を打つと、フロスはさらに意外な接点を明かした。

「でね、君の兄さん、俺のつがいにこっそり相談を持ちかけたらしいんだ。アルファはオメガに、どう対応すべきなのかって。同じ人型のアルファ同士だから、参考になると思ったんだろうね」

世間に流布した暴君の像とは裏腹に、イルメールも必要とあらば専門家の意見を仰ぐぐらいのことはする。そうと知っているエミリオでさえ、彼がオメガへの対応などというものを人に相談していた事実を、すぐには受け入れられなかった。

「根掘り葉掘り、まるで尋問するみたいに聞かれて、俺のつがいも最初は辟易《へきえき》したらしいんだけど……面倒見がいい人だから。ああ、この男はまずこういう態度が駄目だって分かってないんだと思って指摘したら、すごくショックを受けたような顔してたってさ」

そこで言葉を切ったフロスは、思いきったように尋ねてきた。

「ねえ、エミリオ。君の……子供の父親って」

「兄さんは承知しているよ。だから、帰った。もう会うことはないだろうね」

胸に広がる波紋を打ち消し、エミリオはフロスの言葉も遮った。

ネブラに兄だけを帰してほしいと頼みに行き、引き換えに今回の格闘大会を承知することになった日の話だ。再びオリバーとギルバートに挟まれ、いささか気まずい空気の中で待つこと数十分。あっさりと戻ってきたネブラは言った。彼は承知しました、そのため元の時代に帰しました、と。

その瞬間、自分の胸に去来した巨大な喪失感。己で言い出したことながら、内心幾ばくかの期待があったことをエミリオは思い知った。冗談ではないと兄が叫び、ここに飛び込んできて、無謀にもオリバーやギルバート、そしてネブラと争う姿が見たかった。お前は私と帰るのだと、叫ぶ姿を見たかった。

現実は呆気なく終わった。打ちのめされているエミリオの両側で、オリバーとギルバートは早くも自分こそが優勝する、と言い争いを始めていた。試合前に妙な真似をしたら出場させませんよ、とネブラに釘《くぎ》を刺され、機会を平等にするためにエミリオの護衛も解かれることになったオリバーが何やら文句を言っていたが、よく聞こえなかった。

夕食の席にはイルメールは現れなかった。夕食後、コテージに戻ろうとしたエミリオは、途中で方向転換してイルメールに割り当てられたコテージに行ってみた。そこには必要最低限度の調度品しか置かれておらず、人の気配は完全に消えていた。

「……ごめん、エミリオ」

「気にしないで、フロス。心配ないよ。今度の大会が終われば、僕にはとうとうつがいができるんだ。兄さんなんかいなくても、問題ない」

何度やっても上の子に勝てず、すねて泣き出した下の子を高い高いしてやる。つられて上の子も泣き出したので、順番に高い高いしてやりながら、エミリオは穏やかに笑ったのだった。


大会の日はあっという間に訪れた。もともと恒例の行事であり、そこに優勝賞品が設定されただけなので準備は簡単だ。出場を予定するアルファ同士の小競り合いなどのトラブルもあったが、それも毎年のこと。大きな騒ぎにはならなかった。

会場はアルバの外れ、広々とした草原の中に作られた円形の競技場である。アルバだけではなく、別の街からの出場者や観戦者も多いそうで、エミリオが到着した時にはすでに数万人分の席がほぼ埋まっていた。

集うのは血の気の多いアルファや、強いアルファを選びたいオメガだけではない。ベータも数多く集まって、誰が最強か、誰を応援するかと興奮した口調で話し合っていた。出場こそできないが、ベータにとっても闘争心を発散できる大事な娯楽なのだ。

「すごいな、本当に一大イベントなんだね」

すでにエミリオの顔は知れ渡っている。群衆をかき分けるようにして進むたび、派手な歓声や口笛、時には遠吠えまで受けていると、気持ちが浮き立ってくるのを感じた。

「エミリオ、こっちこっち！　さあ、ここに座って」

エミリオを先導して歩いていたルーメンが、競技場のアリーナ中央に用意された高座に彼を差し招く。そこは創世神たちのための特等席であり、彼らの間にエミリオの席も用意されていた。

なおルーメンたちはもちろん、エミリオも主賓として着飾らされている。といっても縫製技術があまり高くないため、布地が高価になったのと宝飾品をいくつか身に着けただけではあるが、質素な身なりにもすっかり慣れた頃合いだ。早くも熱気に満ちた会場の雰囲気と相まって、新鮮な気分だった。

「そろそろ本戦出場者の入場ですよ」

全体の管理者として、朝早くから高座に陣取っていたネブラの言うとおり、高々と鳴り響いたファンファーレに続いて闘技場に戦士たちが入ってきた。事前に行われていた予選で勝ち上がり、本日のトーナメント戦でエミリオを争う強靭なアルファたちだ。

「あれ、あの馬……」

馬型の獣人と顔を合わせる機会も増えた。おかげで個別の見分けもつくようになってきた。あれは確か、ここに来て間もなく、エミリオに声をかけてきたアルファではないか。

「ああ、あの時のオメガとは別れたみたいだね」

事もなげに横のルーメンもうなずき、エミリオはぎょっとした。

「別れたって……まだ、半月も経っていないのに？」

「つがいといっても、ここでの関係は割と気楽だから。君も一回セックスする相手を選ぶ、ぐらいの気持ちでいればいいよ」

あれだけの大立ち回りを演じた後であっても、これだけの大イベントを用意した末のことであっても、何かが合わないとなれば解消は一瞬でできるのだ。気に病むことはないと、ルーメンはさっぱりした顔で笑った。エミリオが思っていた以上に、ここでのアルファとオメガの関係は気軽なのだ。

「ただし、運命のつがいなら話は別だけど」

あっけらかんとした笑顔から一転、エミリオの時代にまで続く神話を口にする顔は厳かだ。思わず呑《の》まれた次の刹那《せつな》、ふふ、と子供っぽく破顔する。

「ああもご執心なところを見ると、彼は案外、本当に君の運命の相手なのかもよ。とりあえず一回寝てみるのも、悪くないんじゃない？」

雑なアドバイスを寄越すルーメンの反対側から、ネブラも似たような話を始めた。

「ギルバートもオリバーも勝ち上がってきましたからね。あの二人にも、そろそろ優秀な遺伝子を残してほしいと思っていました。あなたから見ると強引すぎると思われるかもしれませんが、今の時代はアルファは強引なぐらいが好まれます。勝利に関係なく、一度ぐらい試してみるのもいいかと」

「……考えておくよ」

まだ、自分はここの価値観に慣れていないのだと思い知らされる。それとも、からかわれているのだろうか。逃げ出すなら今のうちだとでも、言いたいのだろうか。

逃げたところで何になる。ここにいられなければ、元の世界に帰るしかないだろう。もう一度避妊手術でも受けて、兄のラブドールに戻れと？　冗談ではない。

「それならいっそ、あなたに相手を頼むってのはどうだい、ネブラ――え」

せめてもの意趣返しをしようとしたエミリオは、ふと視界の端を過《よ》ぎった人影に我が目を疑った。

すでに本戦に出場する戦士たちの入場は完了している。そのほとんどが獣人、それも大半が狩りを得意とする猫科や犬科の獣人たちだった。他の獣を始祖とする者たちもここには数多くいるのだが、相手を打ち倒すことを前提とした格闘大会となると、どうしてもこうなってしまうようだ。

中に一人だけ、人型のアルファがいる。舞い上がる土埃の中でも輝きの褪《あ》せないダークブロンド。覚えているよりも一回り逞しくなった肉体を誇示するでもなく、毅然と一人、立っている。

「兄、さん？」

「おや、本当に勝ち上がってきましたか」

かすれ声を出すエミリオの横で、ネブラも少々意外そうな声を出した。同じように驚いてはいても、その理由は天と地ほども違う。

「ど、どういうことだよ。兄さんは僕の話を呑んで、元の世界に帰ったんじゃなかったのか!?」

「ああ、あれは嘘です」

平然とネブラは言ってのけた。開いた口の塞がらないエミリオに悠々と補足を始める。

「一人で帰れ、というあなたの意思は伝えました。ですが彼は承知しなかった。そのため、エミリオさんを賞品とするアルファの格闘大会を催すことを伝えたところ、イルメールもそれに参加したいと言い出しました」

「そ、そんなの、無茶だ……！」

「無論、止めました。アルファとはいえ、獣人ではないあなたでは、到底勝ち目がないとね。だが彼は承知せず、絶対に優勝して弟を連れ戻す、と聞かなかった。そこで私は、彼の能力の抑制を解いてやり、荒くれアルファたちの集う危険地帯に彼を放り込みました」

あのコテージから姿を消したこと自体は本当だったのだ。ただし元の世界に戻ったわけではなく、荒っぽい武者修行へと旅立っていたようである。

「その結果があれです。思ったより怪我は少ないですね。勘のいい人ですから、うまくいけば育つだろうと思っておりましたが、想像以上です」

遠目なのではっきりしたことは分からないが、見た目で分かるような怪我を負っている様子はない。

だからといって安心などできない。ふざけるな、中止だと叫ぼうとしたエミリオを押し潰すようにして、開幕を告げるファンファーレが高らかに鳴り響いた。

イルメールを目にした瞬間は頭に血が上り、大会中止を叫ぼうとしたエミリオであったが、実際に試合が始まると次第に頭が冷えてきた。

代表として開幕の挨拶を行ったネブラが、あくまで格闘大会であり、殺し合いの場ではないのだとはっきり宣言したことが一番大きい。彼は獣の力を抑制できる。いざとなれば強引に介入し、止めるのも可能なのだろう。

「大丈夫だよ、武器の使用も禁止だし」

「……それは、むしろ兄さんに不利なんじゃないかな」

イルメールは射撃の名手だ。「怪力」の射程距離の短さや、獣人たちは自前の牙や爪で武装していることを考えると、ルーメンのつけ足しは逆効果だった。

しかし、いざ試合開始となると、流血を伴うような怪我も多いが、エミリオの目から見ても本気で相手の命を奪いに行っているような様子はなかった。むしろ、大きな怪我を負いそうになると早々に降参することが多い。ちなみに先程見かけた馬型獣人も接戦の末、首に牙をかけられた時点であっさり白旗を振った。

「獣人は彼我の実力差にも敏感ですからね。血の気も多いですが、勝てないと分かれば、比較的簡単に諦《あきら》めます」

「人型同士のほうが執念深いよね」

「それはつまり、私よりあなたのほうが執念深いということで？」

「そうかもね。今夜あたり、調べてみる？」

エミリオに事情を説明するように見せかけて、頭越しに兄弟神は不埒な会話を楽しんでいる。悪趣味を追及する暇はエミリオにはなかった。その目はひたすらに、次々と進んでいく試合の行方を見守っていた。

「さて、そろそろ、面白い組み合わせが巡ってきましたね」

ネブラに言われるまでもない。エミリオの目は、最早《もはや》完全に闘技場に釘づけだった。

五回の試合が終わり、敗者と勝者が決定した。そして六試合目、割れんばかりの歓声の中に進み出たのは、いずれもエミリオの顔見知りだった。

一人は「人型は引っ込んでな」「殺されに来たのか」と、気の弱い者ならそれだけで逃げ出しそうな野次を浴びせかけられながらも超然と立つダークブロンドの青年。言わずと知れたエミリオの兄、イルメール・ウルヴァンだった。

彼の向かいに立つのは金色のたてがみをなびかせた獅子《しし》型の獣人。「待ってました！」「抱いてェー！」との黄色い声を浴びながら、高々と拳を突き上げる。盛り上げ方を理解したしぐさに、闘技場はさらなる熱狂の渦に包まれた。

「ギルバート……」

エミリオの前ではいまいち格好がつかないというか、三枚目役を演じることの多かった彼だが、百獣の王たる獣を祖としたアルファだ。その人気は高いようである。

「よう、クソ兄貴。ネブラ様に聞いてはいたが、本当にノコノコ出てくるとはな。それも、俺と当たるとは気の毒に」

すっかりと観衆を味方につけたギルバートは、人気を笠《かさ》に着てイルメールを嘲笑《わら》った。

「私は幸運だと思っている。ライオンのオスは、狩りはメスに任せきりだというからな」

挑発に動じないイルメールであるが、ギルバートは強がりだと鼻で笑う。

「そいつは偏見ってもんだ！　ライオンのオスとメスじゃ狩りの相手が違うのさ。メスは餌《えさ》を狩る。オスは群れを脅かす、よそのオスを狩る」

琥珀《こはく》色の瞳と不意に目が合った。ぎくりと身を強張《こわば》らせるエミリオに牙を剝き出して笑いかけてから、ギルバートはイルメールを睨みつける。

「てめえのことだ、クソ兄貴。エミリオちゃんは俺が幸せにする。怪我をする前にとっとと出て行け！」

「帰る時は、エミリオも一緒だ」

イルメールの態度は変わらない。同時に審判が試合開始を告げ、二人の対決が始まった。


二人ともこれが一試合目だ。大方の予想ではあっという間にギルバートがイルメールを組み伏せ、殺さない程度に痛めつけて終わりだった。観衆のほとんどが、ギルバートに自分を重ねて一方的な暴力を愉《たの》しみたいと思っていた。

しかし予想は外れた。早々に瞳を青く光らせて、「怪力」を発動させたイルメールであるが、むしろ彼の武器はスピードだった。最初は明らかにイルメールを舐めており、見た目の派手な大振りの攻撃ばかりを繰り出してくるギルバートの拳や蹴《け》りを紙一重のところで避け、脇腹や背中に一撃を浴びせる。そしてすばやく離れ、次の攻撃の機会を窺う。

「くそ、ちょこまか逃げやがって！　ちったあまともに戦え!!」

あちこちに傷を負い、吠えるギルバートの形相には鬼気迫るものがあったが、その動きは明らかに鈍くなっていた。猫科の猛獣は瞬発力に長《た》ける反面、全力で戦える時間は短い。始めから全力を出していれば、あっという間に勝負は決まっていただろうが、人型だと下に見たがゆえに必殺のチャンスを失ったのだ。

「そうだな」

そろそろいいか、とつぶやいたイルメールのスピードは試合開始からほとんど落ちていない。その速さを駆使して彼はギルバートの後ろに回り、太い首にぐっと両腕をかけた形で羽交い締めにした。

「……ッが⁉」

一瞬目を見開いたギルバートであるが、次の瞬間ニヤリと笑った。

「へへん、馬鹿め。そのまま俺を締め落とそうっていうのか？　生憎《あいにく》だな。俺たちは首の守りが固いんだ」

ふさふさと生え揃ったたてがみは、生物に共通する急所である首を守ってくれるのだ。高を括るギルバートであるが、イルメールの狙《ねら》いは違った。

「これは、命を奪う戦いではないと聞いている」

殺すつもりであれば、守りの固い場所よりも別の急所を狙ったほうがいい。そんなことはイルメールも理解している。

「だが、いつも手入れを欠かさない、自慢のたてがみはどうだ？　ライオンのオスは、これが立派かどうかでメスに選ばれるらしいな」

凶悪な力を秘めた指先が、豊かに生え揃ったたてがみを一房握り締めた。

共に在った時間の中で、ギルバートがどれだけそれを大切にケアしていたかは見知っているのだろう。オスライオンの象徴、その価値の象徴の根元がぶちぶち、と不吉な音を立てる。

どよめく観客の前に、引きちぎられたたてがみが舞い散った。分量としては大したものではない。引き抜かれた場所もうなじの生え際で、抜かれたからといって目立つところではなかった。

しかし頭頂部であるとか、そういった分かりやすいところを大量に引き抜かれたらどうなるか。己の間抜けな姿をギルバートは想像してしまったらしい。

「わ、分かったよ、よせ、こいつだけは……！」

たまらず泣きを入れ、審判に合図を送る。審判もギルバート贔屓《ひいき》であるらしく、躊躇《ちゅうちょ》していたが、イルメールがもう一房を引き抜こうとすると慌てて「降参！」と叫んだ。

「勝者、イルメール！」

「……くそッ！」

やけくそのような審判の大声に被《かぶ》せ、ギルバートが盛大に舌を打ち鳴らす。エミリオは詰めていた息を吐き、ひどく強張った肩を思わず揉《も》んだが、イルメールはまだ引っ込もうとしない。冷たいその瞳は、ギルバートを睨みつけていた。

「どうして降参した。お前、エミリオがほしかったのではないのか」

「は？」

ぶつくさ言いながら闘技場を去ろうとしていたギルバートが不審そうに振り返る。エミリオは思わず顔を覆った。せっかく首尾よく勝ったというのに、兄は一体何を言い出すのか。

「たてがみなんぞ、生え変わるだろう。そんなものを無視して戦えば、お前の勝ちだった」

「なんで勝っておいて説教までかますんだ、てめえは⁉」

とんだ説教強盗である。憤然とするギルバートであるが、根が素直な男だ。イルメールの言わんとしていることを察したらしい。

「でも……そう、だな。俺は……」

説教強盗の指摘にも一理ある、と彼は認めた。何がなんでもエミリオを手にしたい、という気持ちが弱かったのだ。観客の前でいい顔をしたい、獅子のプライドを傷つけられたくないという思いから、負けを認めてしまった。

「畜生、どうせお前なんか、すぐにエミリオちゃんにフラれるさ！」

ぐわっと吠えたギルバートは、今度こそ闘技場を後にした。それを見送り、イルメールもやっと反対方向に歩いて舞台を下りた。

「イルメールって、ある意味すっごく分かりやすいよねえ」

意味ありげにエミリオを見ながら、ルーメンがくすくすと笑う。緊張と緩和に振り回され、ようやく安堵の息を吐いたばかりのエミリオは意味が分からず、当惑の表情で見つめ返すばかり。

「え、わ、分かりやすい、かな……？　説教好きではあるけど、こんな時にやらなくても……」

鈍いその態度にネブラはため息をついた。

「ギルバートは残念でしたね。まあ、彼はまだ若いですし、ライオンは群れで狩りをする生き物だ。一対一の争いには向きません」

猫科の猛獣の中でそういった狩りをする者は確かに少ない。しかし、と彼は微笑んだ。

「順当に行けば、イルメールは今後も面白い相手と当たりそうです。楽しみですね、エミリオ」

優勝候補だったギルバートがまさかの一回戦敗退、それも相手が人型。番狂わせに観客たちは複雑な様子だったが、その後の試合は大きな波乱なく進んでいった。

一回戦は全て完了し、迎えた二回戦、三回戦も滞りなく終了。兄が闘技場に出てくるたびにエミリオは肝を冷やしたが、ギルバートを下したことで対戦相手が怯《おび》えてしまったのだろう。三回戦の相手となった鳥型の獣人などは試合開始と同時に飛び去ってしまい、そのまま不戦勝とみなされた。

このあたりまで来ると、観客の一部がイルメールのファンになっていた。他の試合に乱れがない分、彼が出てくると想定外の展開を楽しめると思っているらしい。

特に人型のアルファやベータにそれが顕著だ。日頃獣人には及ばぬ存在として扱われている彼らにとって、イルメールは突然現れた英雄に見えているのだろう。喝采を尻目に淡々と闘技場を去る兄の姿を見送って、エミリオは苦笑するしかなかった。

「どこにいても目立つし、なんでもできる人だもんな、兄さんは」

ウルヴァンの長子という理由だけでは「ドミニオン」の長《おさ》は務まらない。事実兄と自分が未来の統率者として「ドミニオン」本部に出入りし始めた直後は、それを面白く思わない者たちに露骨な嫌がらせをされた。

アルファとして厳しく躾《しつ》けられる反面、ウルヴァンの人間として敬意を払われる生活に慣れていたエミリオは、あらかじめ予想された展開とはいえひどく怯えた。しかしイルメールは平然とそれらを受け流し、一部は録画しておいて後々の取引材料に使うしたたかぶりだった。

だが、ここは元いた世界とは違う。血筋は意味をなさず、獣人由来の能力を持っていてやっと互角に戦える場所で、いつまでも快進撃が続くとは思っていない。ついに迎えた決勝戦、再び闘技場に姿を現したイルメールとその対戦相手を見て、エミリオは唇を噛み締める。

「我が悪友の仇《あだ》を討つ機会が巡ってきて嬉しいですよ、イルメール」

黒い尾を優雅にしならせてうそぶいたのは黒い豹《ひょう》。ギルバート同様、イルメールへの敵意を隠さないできたオリバーだった。

「そんなに仲が良さそうには見えなかったが」

「悪くはありませんよ。ただ、すばらしいオメガの取り合いはアルファの至上命題ですからね。あの人を前にすれば、どうしたって争うことになります」

ちらと色めいた視線を送られて、エミリオはびくりと身を竦めた。彼は紳士的で優秀な護衛を務めてくれたが、その分そこを逸脱した態度を取られると嫌悪感が強かった。

「もちろん、あなたともね、イルメール。私が勝った暁には、今度こそあなた一人で元の時代にお帰りいただきますよ」

試合開始が告げられる。同時にオリバーは全身の筋肉をばねのようにたわめ、一気にイルメールに飛びかかった。

ギルバートとは対照的な、初手からの猛攻にイルメールは顔を歪《ゆが》める。首をかき切ろうとした一撃は避けたものの、代わりに鋭い爪がその腕に食い込んだ。鮮血が迸る。

「兄さん！」

思わず立ち上がったエミリオはネブラに訴えた。

「止めてくれ、兄さんが殺されてしまう！」

オメガとはいえ、正規の訓練を受けた身には分かる。無理だ。イルメールに勝ち目はない。

悪友の無様な試合を見て、オリバーはイルメールを油断ならない強敵だと理解したのだろう。同じ猫科の猛獣を祖に持つ彼も瞬発力には定評がある。速攻で決着をつける、との決意をみなぎらせた攻撃には一切の容赦がなかった。

遅れてイルメールは「怪力」を発動させたが、それでも格差は埋まらない。一撃の重さも速さも圧倒的にオリバーが上だ。防戦一方のイルメールの体にみるみる傷が増えていく。致命傷を避けるので精一杯のようだった。

「最初の一撃がまともに入っていれば、止めましたがね」

「大丈夫だよ。あの程度の怪我なら、ぼくにも治せる」

この世界の野蛮さに慣れた神々の対応は冷静だ。ルーメンなどはこんな軽口さえ叩いてきた。

「降参するように言ってみる？　エミリオ。今下手な声をかけると、かえって危ないと思うけど」

　ぎゅっと奥歯を噛んで、エミリオは引き下がる。悔しいがルーメンの言うとおりだ。ぎりぎりの命のやり取りにおいて、下手な横槍《よこやり》は邪魔なだけである。

　だが、いざとなれば。悲愴《ひそう》な決意を固めるエミリオの眼下で、オリバーの攻撃を避け損ねたイルメールが闘技場の壁に叩きつけられた。場外というルールがないため、降参するか意識を飛ばさないとまだ勝負は決まらない。

　もしくは、どちらかが死ぬか。殺し合いを目的とした試合ではないと明言されているが、殺したから失格というルールはないのだ。

　激突の瞬間、イルメールは身を捻《ひね》って頭を強打することだけは免れた様子だが、そこ以外のダメージは大きい。ずるずると地面に崩れて、すぐには起き上がれないようだ。いっそ気を失ってくれれば終わるのに、とエミリオは思わず祈った。

　生憎とイルメールの意識は残っている。とどめのためにオリバーは腕を振りかぶったが、次の瞬間イルメールが上体を起こした。いつの間にか握り込んでいた砂と小石をオリバーに向かって投げつける。

　目潰しを狙ったようだ。しかし、オリバーは人間よりも遥かに早いタイミングでそれに気づき、あっさりと避けた。

「死角を狙ったつもりでしたか？　無駄ですよ。我々豹は、サバンナで狩りをする生き物。

人型よりも広い視野を持っています」

無駄な抵抗だと鼻で笑ったオリバーが距離を詰めていく。血を吸った爪が不気味に光っていた。イルメールは目潰しを放つので精一杯だったのか、動かない。

「人型としては、まあまあです。ですが、しょせんは歪《いびつ》な進化を遂げた生き物。より原種に近い我々には勝てない！」

勝者の傲慢を込めて叫んだオリバーが頭を低く下げ、イルメールに走り寄る。今度こそ喉笛をかき切るつもりなのだ。

「兄さん！」

叫んだエミリオが椅子《いす》を蹴って立ち上がる。もうネブラに仲裁を頼んでも間に合わない。その目は血まみれで倒れ伏す兄を幻視していたが、実際に瞳に映ったものは違った。

「豹の視野は横に広いが縦には狭い。そこも原種に近かったようだな」

オリバーの喉を踏みつけて、イルメールは静かに言った。

オリバーが近づいてくる瞬間、イルメールは「怪力」の応用で足に力を込め、思いきり高くジャンプした。死角に消えた彼を見失ったオリバーは落下してきたイルメールによって突き倒され、起き上がる前に喉に体重をかけられてしまったのだ。

「きさ、う、ぐっ……！」

もがくオリバーの爪がイルメールを狙って動く。そのたびにイルメールは微妙に足先を動かして、彼の動きを封じた。

「降参しろ。さもなくば、このまま踏み砕く」

傷だらけであることが、かえってイルメールの姿に威厳を持たせていた。暗い金髪がたてがみのように風になびく様は、さながら降《くだ》したギルバートの強さを奪い取ったかのようだ。観客は声援を送ることも忘れて見守っている。エミリオも、同じ気持ちだった。

「ガ、ァ……‼」

普段の冷静さを失ってオリバーは吠えたが、勝敗は明らかだ。イルメールが無言で足にさらなる力を込めると、審判が慌てて「続行不可能！　試合終了‼」との宣言を出した。

イルメールが足を引っ込め、オリバーが無言で起き上がる。その目は晴れて勝者となったイルメールではなく、エミリオをじっとりと見つめていた。

「――残念ですよ。いくらでも機会はあったのですから、少々強引にでも、私のものにしておけばよかった」

ぞく、と背筋が冷えた。少しずつ身のうちに溜まっていた彼への嫌悪感は正しかったのだと、今になって理解する。

単純明快な性欲を剥き出しにしてくるギルバートと違い、紳士的な振る舞いの多かったオリバー。エミリオが発情期を迎えた際は獣性を剥き出しにしていたが、オメガのフェロモンに惑わされたのだろうと思っていた。

だが彼も、やはりこの時代のアルファ。最終的にはオメガの意思を尊重してくれるとはいえ、隙《すき》あらばオメガに種つけしようとしていることに変わりはないのだ。

「やはり、そんなことを考えていたのか。消去法でギルバートを側に残したが、お前も見張っておいて正解だったな」

冷ややかにイルメールが吐き捨てる。オリバーと星を見ていたあの日、兄たちが訪ねてきたのは牽制だったのだとエミリオは気づいた。オリバーの勧めるままに酒を飲んでいたら、どうなっていたか分からない。

「だが、貴様はもう負けたんだ、エミリオに手を出す権利はないぞ」

敗者はさっさと去れ、と言わんばかりのイルメールにオリバーは肩を竦めた。

「ええ、分かっていますよ。私は負けを認めた。勝者がこれ以上敗者を鞭《むち》打つことも許されないと思いますが?」

ただの負け惜しみなのだ。勝者としての器を示せ、との言葉にイルメールは不快そうに眉《まゆ》をひそめた。

エミリオは緊張した。この手の挑発を許容する兄ではないと知っているからだ。ギルバート相手に謎《なぞ》の説教をしたように、オリバーにも余計なことを言いかねない。ギルバートほど素直ではないオリバーは、怒りに任せて暴走するかもしれない。

だがイルメールは「怪力」を使用することはもちろん、手厳しい言葉を投げることもなかった。代わりに何か、小さくオリバーにつぶやいた。

「……不器用な人ですね、あなたは」

一瞬目を丸くしたオリバーも毒気を抜かれた様子だ。彼らしい優雅さを取り戻し、恭しく王者に頭を下げると、闘技場はわっと沸き立った。

こうして、優勝者はイルメールとなった。

オリバーが闘技場を出てもイルメールだけが残っていることで、エミリオはようやくそれに気づいた。兄さんが手酷《てひど》く痛めつけられるかもしれない、そのことに頭がいっぱいで、この大会の目的自体が頭からすっぽ抜けていたのだ。

「ど……、どうしよう」

闘技場全体は今なお続く拍手と歓声で割れんばかりであるが、椅子の上で遅ればせながら青くなる。まさか、兄が本当に優勝してしまうとは。このままイルメールとつがいになる、のか？

「でも……勝ったら一緒に帰る、なんてルールじゃないもんな。だけど、ここまでした兄さんが、それを承知するとは思えないし……」

つがいとなったのだから、言うことを聞いてもらう。そんな理屈を捏ねて、否応なく引きずって戻るつもりなのだろうか。発情の熱に当てられてさらした痴態を思い出すと、屈しない、とは断言できない。

「いいえ、まだ一人、挑戦者が残っております」

煩悶《はんもん》するエミリオの横でネブラが立ち上がった。エミリオは虚を突かれて固まる。

「え……？　そんな、シード選手みたいな枠があるの？」

シード枠、などという意味が果たして通じるのかと思ったが、時代を超えてエミリオたちを招き寄せる力を持つ神だ。あっさりとうなずいて、

「似たようなものですかね。つまり、私です」

平然と、彼は言い放った。数秒の間は呆《ほう》けていたエミリオだが、甘受できる内容ではない。パニックに陥りながら食ってかかる。

「ネブラ!?　な、何を言っているんだ。あなたには、ルーメンが……！」

「もちろん、ルーメンが一番です。ですが、以前申し上げたでしょう？　あなたは、我が最愛の弟に少し似ている」

「だから、ほっとけないんだって」

その最愛の弟も、兄の企《たくら》みを知らされていたのだろう。悠然とうなずいてみせた。

「それにさ、さっきエミリオも言ってたでしょ。この大会の優勝者は、君のつがいになれるだけ。二人揃って元の世界に返してあげる、なんて条件はつけてない」

「でも……もともとの約束としては……」

それは後出しだ。食い下がるエミリオにルーメンはくすくす笑った。

「あれ、エミリオ、イルメールと一緒に帰りたいの？」

「帰りたくないよ！　……僕を好きじゃない兄さんとなんか、帰りたくない」

そういう意味ではないのだ。ムキになってエミリオは彼の言葉を否定した。

「だけど、兄さんを殺したいわけじゃない。ギルバートやオリバーに勝てたのだって、しょせんは向こうが兄さんを人型だと舐めていたからだ。ネブラに勝てるとは思えない!!」

獣の特性を読み、勝利を収めたイルメールであるが、知恵で埋めるには戦闘能力の差があまりにも大きい。もう一度戦えば殺されてしまうだろう。まして相手は、「怪力」さえ抑え込める創世のアルファである。

「光栄ですよ、エミリオ。あなたがそこまで、私を買ってくださっているとは」

楽しげに笑ったネブラがひらりと地を蹴った。大柄な体に似合わず、その動きは軽快かつ俊敏だ。彼に備わった獣の肉体がそれを可能にしている。

「お礼と言ってはなんですが、腕によりをかけてお兄様を料理して差し上げます。少々お待ちを」

「待ってくれ、ネブラ!!」

叫んでも遅い。すでにネブラは真の決戦に沸く闘技場に舞い降り、イルメールと相対していた。

「ネブラ様ー！」

「ネブラ様の戦いが見られるとは‼」

「イルメールもがんばれ！」

「ネブラ様、殺さないでやってくださいよ‼」

口々に叫ぶ声はイルメールをこき下ろすものではなく、むしろ彼を心配するような響きを帯びていた。ギルバートとオリバーを降した優勝者とはいえ、相手が悪いと観衆は言いたげだった。

「と、いうわけです。弟君とつがうだけではなく、共に帰りたいと願うなら、私を倒していただきましょう」

平然とのたまうネブラを睨みつけ、イルメールは大層不服そうだ。そんな話は聞いていない、と言いたげだが、元の時代に戻るためにはネブラの力が必要である。文句を言っても仕方がない、と判断したようだが、別のところに注釈を入れるのは忘れなかった。

「……私はエミリオとつがいたいわけではない。この大会に出たのは、あれがここでつがいなど作ってしまえば、連れて戻るのが難しくなるからだ」

「そうですね。そういうことにしておきましょう」

ネブラも別にイルメールの注釈を否定しないが、軽くいなされたのは明らかだった。眉をひそめたイルメールの瞳が稲妻の輝きを帯びる。「怪力」を発動したのだ。

先程オリバーとの戦いにおいても使用したばかりである。負担は大きく、端整な顔が軋んだが、背に腹は代えられないと判断したのだろう。出し惜しみできる相手ではない。

「いずれ、貴様とは決着をつけたいと思っていた」

「だと思いましたよ。獣人型アルファとの戦い方を会得しようとしていましたからね」

どうやらイルメールは、早い段階からネブラに勝利する機会を狙っていたらしい。道理で獣人との戦いに拘泥《こうでい》していたはずだ。叩きのめして帰還に協力させる気だったのだろうが、我が兄ながら本当に神をも恐れぬ性格だと、エミリオは顔を引きつらせた。

「その傲岸《ごうがん》さはアルファとしてはふさわしい。しかしながら、人型の傲岸さは獣人のそれとは違いますね。獣人であれば、序列というものを正確に理解した上で、その序列に則したレベルの傲岸さを発揮するはずですが……まあ、この先は実地で講義いたしましょう」

格の違いを分かっていない、と暗に匂わせたネブラが構えを取った。イルメールも表情を引き締めたが、その顔はすぐに苦痛に染まった。

人の目には予備動作も分からぬような速度でネブラが蹴りを見舞ったのだ。腹部に食い込む一撃を、イルメールは半ば自分から後ろに飛んで衝撃を逃がしたが、全てのダメージを殺せたわけではない。げほっ、と咳《せ》き込んだ唇に血がにじんでいる。

「兄さん！」

初手から「怪力」を使い、備えていたイルメールであるが、「怪力」はあくまで腕力を増すだけだ。動体視力まで獣のそれにしてくれるわけではない。悲痛な声を上げるエミリオに構わず、ネブラは吹き飛ばされたイルメールを追って走り出す。

オリバーの時と同様にイルメールは防戦一方だ。ネブラも創世神とはいえ狼という性質上、猫科の猛獣のような瞬発力には欠けるようだが、持久力に長けた彼は的確に相手の体力を削り取っていく。

その様はギルバートとイルメールの戦いを裏返したようであった。違うのは、ギルバートは格下相手と舐めたせいでヒットアンドアウェイ戦法を許してしまったが、イルメールはそうではない、という点だ。むしろ全力で決めようとしていたにもかかわらず、何もできないうちに追い込まれてしまった。

イルメール贔屓に傾いていた観客たちも、落胆と諦めの入り混じった表情で試合の行く末を見守っている。人型の躍進を楽しんでいた彼らも、かの偉大なる創世神が相手では当然の流れだと考えているからだ。

「まあ、こうなるよな」

「相手が悪いよ……」

「ネブラ様もお人が悪いが、あの人型も、さっさと降参すればいいのにな」

仕方がない、と言い合う彼ら。このままイルメールが殺されても、きっと納得するのだろう。

「やめろ！」

たまらず、エミリオは闘技場に飛び込んだ。ジャラジャラと揺れて体感を狂わせる装身具を引きちぎり、ばらまきながら、戦う二人の側に駆け寄る。

優勝賞品の乱入に観客がどよめいた。馬鹿な、危ない、という声が上がるのはオメガの身を心配してのことだろう。それらを跳ね返すように、ガーン、と激しい爆音が闘技場の空気を震わせる。

エミリオがオートマチックを空に向けて撃ったのだ。威嚇射撃であるため、もちろんサイレンサーは外してある。

耳慣れない不吉な音に観衆が凍りつく。ネブラもイルメールの肩肉を削《そ》ごうとしていた手を止めて、ゆっくりと振り返った。

「……護身用に、とお渡ししたはずですがね」

イルメールから接収したオートマチックをネブラがエミリオに渡したのは、護衛のアルファたちが側を離れたため、何かあっても自力で身を守れるようにだ。そのネブラに向かって銃口を構え、エミリオは言い放った。

「そうだよ。護身用だ。僕と兄さんを守るためのね」

そして、同じく動きを止めたイルメールを見やる。肩で息をしている彼の瞳から強烈な輝きは消えていた。「怪力」の使用期限が切れたのだ。

「兄さん、降参して！　勝てっこない、このままじゃ殺されてしまう‼」

「だめだ」

にべもなく撥《は》ねつけたイルメールの手が空を走る。懲りずにネブラに反撃しようとしたのだ。もちろん気づかれて、逆にその手を摑まれ、捻り上げられてしまったが。

「おやめなさい、エミリオ。あなたが私を撃つより、私があなたのお兄様の腕を折るほうが早いですよ」

兄仕込みの射撃の腕にはそれなりに自信があるが、ネブラがはったりを言っているとは思えなかった。

「ということは、すぐに殺す気はないってことだね」

嫌な汗がこめかみを伝うのを感じながら、エミリオは必死に考える。意味不明なことばかりする兄の説得は諦めよう。まだネブラのほうが話が通じる気がする。

「ネブラ、お願いだ。兄さんには大事な仕事がある。後に残るような怪我をさせずに、帰してあげてほしい」

「大事な仕事というのは、あなた方オメガを排斥することでしょう？　私としては、腕の一本ぐらいもいで丁度いいと思っておりますが」

話にならないと、ネブラは呆《あき》れ顔だ。その爪を摑まれた腕に食い込ませながら、イルメールがうなるように言った。

「お前を連れて、帰るんだ」

何度も口にした希望を、最早祈るように繰り返したイルメールの目が再び光る。無茶だ、とエミリオは言おうとした。「怪力」は大量のエネルギーを消耗する。こんな短時間のうちに何度も使うことはできない。

もちろんイルメールのほうがそれを理解しているはずだ。そもそもエミリオの知る彼であれば、とうの昔に愚かな弟を見限り、元の時代に戻っているはずである。その目に収まりきらずにあふれ出す光も、その姿さえ、彼はエミリオの知る兄ではなくなりつつあった。

「お前がもう、私のことを好きではなくても、構わない。放さない。お前は私の側にいるんだ。ずっと、いるんだ……!!」

みし、と鈍い音がした。肉と骨がぶつかり、軋む音だ。

ネブラが何かしたわけではない。彼も珍しく驚いた顔をして、イルメールを放した。自由になった腕の重さを持て余すように大きく振りながら、イルメールはふらふらと彼から距離を取る。

みし、みち、と嫌な音は続いている。それに伴い、イルメールの体はみるみる変化していった。ダークブロンドの髪が長く伸び、その色は金から黒へと傾いていく。金をまぶした漆黒は、いつしか彼の全身を覆いつつあった。

「……多毛症……？」

それはエミリオたちの時代のアルファをしばしば襲う症状だ。獣に退化した証《あかし》。発病すれば、どんなアルファも権力の座から転がり落ちてしまう。

血の気の引く思いをしたエミリオだったが、多毛症はあくまで人の体の表面を被毛が覆うだけである。対してイルメールの変化は、その範囲を逸脱しつつあった。

みちり、みちりと音を立て、大柄な体がさらに大きくなる。筋肉が増え、逞しくなっていくに終わらず、作りそのものが変わっていく。長く伸びた爪は鋭く、人のそれではなくなっていた。

「！　まさか」

息を呑むネブラを尻目に、イルメールはすっかりと毛に覆われた顔で天を仰いだ。唇が裂けるように広がっていく。鼻とあごが前に突き出て、開いた口からぞろりと牙が覗いた。

「グ、オ、オ……！」

聞く者の肌を波打たせるほどに強く、そして切ない響きを持った遠吠えが空を貫く。何人かの獣人が触発されたのか、同じようにあちこちで吠える音が聞こえた。

「多毛症……では、ないですね」

いち早くショックから脱したネブラの目が爛々《らんらん》と輝き始めている。

「完全な先祖返り……獣人化……！　しかも、私と同じ種ですか。面白い……!!」

ネブラが言うとおり、そこにいたのは彼とよく似た姿だった。狼の頭で二足歩行する獣人。今となってはネブラとイルメールこそが、双子の兄弟のようだった。

キロリ、と獣の瞳がネブラを認め、睨みつける。同時に二人は地を蹴った。その速度はほぼ互角。ぴったり両者の中間地点で組み合って、拮抗《きっこう》した力でギリギリと押し合う。

「私たちを、元の時代に戻せ」

発声器官は変わっていないらしく、イルメールの口から出た声は普段と同じものだったが、口の作りが変わった分少し響きが違う。

「だめです。神の前で我を通したいなら、それにふさわしい供物を捧げるのが世の習い」

「つまり、貴様に勝てということか」

「違います」

短絡を諫《いさ》めるようにネブラが言った次の瞬間、イルメールの体が宙に舞った。ネブラがその足を払うと同時に、力いっぱい投げ飛ばしたのだ。

砂埃を上げて着地した喉にはネブラの足が置かれている。これもまた、イルメールとオリバーを裏返したようであったが、彼がどうやってそこに移動したのか、エミリオにはまるで見えなかった。

先程までの動きとは桁《けた》が違う。瞬間移動したとしか思えない。それは最早、一つの現象とでも呼ぶべき、人知の及ばぬ神技だった。

「力も速度も大したものです。あと何十年か修行を積めば、私とまともにやり合える可能性が見えてくるかもしれませんね。ですが生憎、たった今獣人になったばかりの青二才に遅れは取りません」

最初は互角と見せていたネブラだったが、要するにそこまでする必要はない、との判断で実力を出していなかったのだろう。神としての彼の力量を引き出せただけでも大きな進歩、と言えるかもしれない。

そんなものはおためごかしだ。それではネブラが口にした「供物」に足りない。このままでは獣人化までした奇跡虚《むな》しく、イルメールは殺されてしまう。

「やめなさい」

オートマチックを自分のこめかみに当てようとしたエミリオを、そちらを見もせずにネブラは止めた。

「ご自身を人質にする、などという陳腐な手を、私相手に打とうという勇気には敬意を表します。しかし、たとえあなたがご自身の頭を撃ち抜いても、供物には足りない。帰しませんよ、二人とも」

エミリオに対しては、いつも穏やかで優しかったネブラ。その口調に初めて、エミリオに対する棘《とげ》が混じった。

「エミリオ。私は少し、あなたに対しても苛立ちを覚えています」

「……僕に？」

意味を失ったオートマチックをぶら下げ、途方に暮れるエミリオを見るネブラの目には呆れたような色がある。

「もちろん、あなたの兄は傲慢かつ不器用に過ぎる。だが、この男に足りない部分を知った上で、それでもあなたは彼に惚《ほ》れているのでしょう。本人がどうにもできないなら、あなたが補塡《ほてん》してあげればいいかがですか」

それが、つがいであるなしにかかわらず、誰かが誰かと共に在るということでしょう。

「ねえ、エミリオ。エミリオがイルメールのことをそんなに好きなのは、あの時彼が、君を助けてくれたからでしょ」

棒立ちのままネブラの言葉を反芻《はんすう》しているエミリオの後ろに、当たり前のように立ったのはルーメンだった。幼さの強いその作りさえ、今は神の威を示すようだ。

「ある意味、イルメールは最初からずっと行動で示してはいるんだ。ここに来た時だってそうだよ。一緒に飛び降りるなんて、なかなかできることじゃない」

言われてエミリオはびく、と肩を跳ねさせた。

ルーメンの指摘だけではなく、何度撥ねつけてもコテージに来て、大した話もせずに戻っていった理由にまで思い当たったからだ。あれは単純に、弟がまた自死など選んでいないか、心配して確かめたかったのではないか？

「あと何十年も、ここで帰る帰らないってやってるうちにイルメールも自力で気づくかもしれない。でも、そこまで時間が過ぎちゃうと、元の時代に帰った後に困るのは君たちだよ？　時間軸としては同じところに帰せるけど、いきなりおじいちゃんになった君たちを見たら、みんなびっくりするでしょ？」

「……何を……」

戸惑うエミリオを見下ろし、闘技場は静まり返っている。否、すでにそこは闘技場と言えるものではなくなっていた。創世の神の御前にて、その試練と託宣を乗り越えるための神殿だった。

それは分かったが、エミリオには神々の告げんとすることが分からない。ヒントを求めてあたりを見回すも、ネブラやルーメンと視線が合うと急激な息苦しさを感じて耐えられなかった。親しみやすさの演出を取りやめ、神として対峙《たいじ》した二人の放つ圧倒的な「正義」に、耐えられなかった。

次第に腹が立ってきた。なぜ、ここまでされなければいけない。つべこべ言わずに兄さんだけ帰してやってくれ。

そりゃあ、君たちは神様で兄弟でつがいだよ。全てにおいて恵まれた存在だ。僕らの苦しみなんて理解できっこない。逆に言いたいぐらいだ。なぜ僕らも、僕らもそんなふうに。

そんなふうになれたらいいのに。

そんなふうに、作られていたら。

嫉妬《しっと》も手伝い、ずっと形にできずにいた願いが輪郭を得たその瞬間、音も光もない稲妻が降りてきた。

思わず、空を見上げる。もちろん比喩《ひゆ》だ。降りてきたのは稲妻のごとき神託だったが、そうせずにはいられなかった。

いきなり跳ね上がった心拍数をなだめながら、ゆっくりと地上に目を戻すと、ネブラと目が合った。いつしかすっかり表情が把握できるようになっていた狼の顔には微笑みが浮かんでいた。

次いでルーメンと視線を合わせる。彼は嬉しそうに笑っていた。神様のそれではなく、屈託がなくて悪戯《いたずら》好きな、友達の笑顔だった。

ネブラがイルメールの喉にかけていた足を引っ込めた。イルメールはすかさず立ち上がったが、圧倒的な力量差を見せつけられた後である。近づいてきたエミリオのほうに気を取られたこともあり、愚かな戦いを再開しようとはしなかった。

本当に、愚かなんだ、兄さんも。僕も。苦笑を押し隠し、エミリオは口火を切った。

「兄さん。どうしても、僕と一緒に帰りたいの」

「当たり前だ」

打てば響くような明確な答え。最初に会った時から、彼の意思は常に明白だった。それにエミリオは、ただ従っていた。

なぜ、と聞いたことは少なかった。最初に会った時、どうして僕を助けたんですか、と聞いた時に教えてもらえなかったからだ。命を救われたくないのなら構わない、と返されてしまえば、礼を述べてその手を取るしかなかった。理由を考え、納得するのはエミリオの役目だった。

だから今回も、兄がここまで自分を連れて戻ることに固執する理由を考え、納得してやろうではないか。だって、兄さんにもできないことをするのが、僕の役目だものね。

「分かったよ、兄さん。兄さんは、僕のことが好きなんだね。僕ら、運命のつがいなんだね」

獣に変じた兄であっても、ぽかんとしているのが分かって少しおかしい。笑ってしまわないように、意識して表情を引き締めながら、

「だから、危険を冒して僕を救ってくれたし、手放せないんだ。そうでしょう？」

どうして僕を助けたんですか。答えてくれなかったのは、彼自身も己の感情を理解していなかったからだ。なんでもよくできる兄は決して万能ではないと知った、今のエミリオには分かった。

「……私が、お前のことを、好き？」

イルメールのほうはと言えば、彼の嫌う愚か者そのものに、弟の言葉をオウム返しにするばかり。エミリオは辛抱強く言い聞かせた。

「そうだよ。兄さんは、どうでもいい相手のために、下手すれば心中になると分かっていて飛び降りる？　獣人になれる？　僕がいなくなったって、大切な『ドミニオン』は問題なく存続できるのに？」

イルメールの目つきが険しくなった。エミリオの言うことに異を唱えたいからではない。僕がいなくなったら、というワードが気に入らないのだと、読み取れてしまうのがこそばゆい。

ああ、大声を上げて笑い出したい。抱きついてキスして、ふさふさした毛に顔を埋めて頬ずりしたい。幸福な衝動を、エミリオは一言にまとめた。

「僕は好きだよ。あなたが好き。最初に出会った時からずっと、好きだった」

「……そうか」

喜ぶどころか、なぜかイルメールは意気消沈して見える。言い回しに失敗したことに気づいたエミリオは丁寧につけ加えた。

「もう好きじゃないって言ったのは嘘。兄さんは僕のことなんか、出来の悪い弟以上には見てくれないと思っていたから、悲しくて、悔しくて、自分を騙そうとしていただけ」

自らの心の動きを言葉にするのは、ストリップでもしているような羞恥《しゅうち》と解放感を生んだ。頬が熱くて仕方がないが、兄の目の曇りが徐々に晴れていくのを助けに、思いきって要求を述べる。

「だから、誓って。僕と結婚してくれなくてもいいから、他の人のものにならないで。――子供が必要なら、僕がこっそり産んであげるから、その子を養子にでもなんでもして。だから、僕以外の人と結婚しないで、兄さん」

だって、僕はあなたのことが好きで、あなたも僕のことが好きなんだから。

もう一度繰り返すと、狼の瞳が何度か瞬《まばた》きをした。晴れた瞳に浮かぶ理解の色を確かめながら、エミリオは続けた。

「それと僕は、戻ったら神話再生主義に賛同するよ。僕がオメガだってことも明かすし、オメガの存在と権利を世の中に広くアピールしていく。かの高名なるイルメール・ウルヴァンの弟であることもフルに利用してね。それが嫌なら、一人で帰って、兄さん」

すらすらとまくし立てたエミリオは、一拍遅れて全身から汗が噴き出すのを感じていた。自分の大胆さが信じられない。

ところが創世の神々ときたら、面の皮の厚さも人とは異なるようである。

「よろしいのですか、エミリオ。たったそれっぽっちの条件で」

「そうだよ、エミリオ。一番肝心なことを、君は言ってないじゃない」

あえてエミリオが口にせずにいた話まで、この場に出すことをお望みの様子だ。なぜかイルメールも、それを待っているように思える。腹を括るしかなさそうだった。

「僕らの間に最初に生まれた命のことは、責めないよ。言いなりになっていた僕にも責任がある。自分の体のことなのに、違和感を無視して、知識を得ることを怠っていた」

体調がおかしい、と分かった時点で、口の固い医療関係者に相談できていれば、あるいは。もちろん兄にすぐ話が行って、同じ結末を辿った可能性は高いにしろ、最悪顔ぐらいは見られたかもしれない。

「ただ、一生引きずるし、ちゃんとお墓参りはさせてほしい。……遺体がなくても、お墓、作るからね」

証拠を残さないよう、とうの昔に焼却処分されているだろうとの見当はついている。死んでしまった命にできることは何もない。ただ自分を慰めるためであっても、せめて忘れないように、二度と同じ過ちを繰り返さないように、必要な措置を取りたい。

「……私たちの子供は」

強靭な力を持つあぎとをぎこちなく動かし、イルメールが何か言おうとした。続く言葉は、くぐもったうめきに取って代わられた。

「……っぐ、ゥ」

苦悶《くもん》の声を上げながら狼の巨体がぐらりと揺れた。同時に獣化が解けて、満身創痍《まんしんそうい》の青年の体が垂直に崩れ落ちる。

「兄さん！」

咄嗟に駆け寄ったエミリオが、倒れる寸前にその上体を支えた。体格が元に戻ったせいで目測がずれ、ほとんど滑り込むようになってしまったが、頭を打つのを避けられてほっとする。

弱々しいながらに胸は上下しており、呼吸も正常。単にエネルギーが切れただけの様子だ。

「とりあえず、家に運びましょう。ですが、その前に」

イルメールの状況を察したネブラは高々と両腕を掲げた。

「みなさん、今回のイベントはこれで終わりです。全ての勇気ある闘士たちに惜しみない称賛を‼」

途端に降り注いだ雄叫《おたけ》びのような歓声と拍手は、ネブラの誘導によるものだけではない。むしろ彼らは、我らが創世神が合図をくれるのを待ちわびていたのだ。単純な闘志の発散だけでなく、数々の奇跡を見せてくれた興奮に浸り、闘技場はいつまでも沸き続けていた。

窓の外に夜の帳《とばり》が下りた頃、イルメールのまぶたが開いた。

「ああ、よかった……目が覚めたんだね、兄さん」

「ドミニオン」長官としての反射か、荒くれアルファたちとの戦いを続けてきた中でついた習慣か。目覚めた瞬間に構えを取ったイルメールであるが、ベッドサイドに腰かけたエミリオを見つけて警戒を解いた。

「ここは」

「僕のコテージ。兄さんのほうは、生活に必要なものを全部引き上げちゃってるから」

二人きりの室内を見回すイルメールの顔色や動作を、エミリオはすばやくチェックする。包帯だらけであるが、動きに支障はなさそうだ。

「大丈夫そうだね」

「……ああ。問題ない」

全身から立ち上る薬草の匂いが気になるらしく、さかんに匂いを嗅《か》ぐしぐさをしながらイルメールは応じた。ある程度深い傷はルーメンが塞いでくれたのだが、「なんでも治せばいいってもんじゃないしね」とのことで、軽微な傷には通常の治療が行われている。

「私の獣人化は、解けたのか」

つぶやく顔は、見慣れた端整な青年のものだ。長く伸びていた髪も元の短さに戻っている。

「そうだね。うなじに少し、たてがみみたいな毛が残ってるけど。でも、多毛症って言われるほどじゃないと思う」

それと、と言い淀《よど》んだエミリオは、その前に確認が残っているのを思い出した。

「改めて聞くよ。兄さんは、僕のことが好き？」

違和感があるのか、足のあたりに触れていたイルメールが動きを止めた。

「僕が出した条件を呑んででも、一緒に帰りたい？」

「条件は呑む」

即答だったが、それでは今のエミリオは満足できない。

「僕のこと、好き？　答えてよ」

エミリオ以外とは結婚しない。子供が必要なら、エミリオが産む。エミリオの秘密を全て明かす。兄の地位を考えれば十二分過ぎるほどの譲歩ではあるが、それでも合格点には足りない。

優しく、だが絶対に譲らないと心に決めて繰り返すと、イルメールが腕を伸ばしてきた。強く抱き寄せられ、瞳を見開くエミリオの耳に小さな声が届く。

「……ずっと側にいろ」

百万回の愛の誓いよりも、かすかに震える声は雄弁だった。

「……ずるいなあ、本当に」

ルーメンの言うとおりだ。彼は出会った時から同じことしか言っていない。生来の性質か、アルファとして、「ドミニオン」長官として育てられたゆえのことかは分からないが、それでもエミリオが彼を愛していることだけは事実だった。

『お前には、弟を助けてもらった恩がある、だそうで』

イルメールの治療を見守りながら、オリバーが語ってくれたことを思い出す。この世界を訪れて間もなく、アルファ同士の争いに巻き込まれかけたエミリオを救ったのはオリバーだ。そのことをイルメールは、ひそかに気にしていたらしい。獣人型アルファを追い越そうと躍起になっていた原因の一つでもあるのだろう。

『腹の立つところも多い面倒なアルファですが、一応の筋は通す性格らしいですね。面倒が勝ったなら、どうぞいつでも、私のところへ』

そして彼は、熊の獣人から救ってくれた時のように、恥ずかしそうに目を伏せた。

『自信を持ってください、エミリオ。逆境で苦しんでいたあなただからこそ持ち得る、強さと優しさはこの世界で暮らすオメガにはないものだ。あなたという奇跡の記憶を消し去りたいほどに……いえ、これ以上は野暮ですね。どうぞ、お元気で』

優雅に一礼して去ったオリバーには、本当に申しわけなく思う。だが先日彼が言ったように、エミリオは趣味の悪いオメガなのだ。

「分かったよ。僕はずっと側にいる」

傷に障らぬよう、気をつけて抱き返しながら、エミリオは誓った。

「でも、側にいて何をするかは僕が決める。だって僕、自分がオメガとして魅力的なんだって分かっちゃったから。今までみたいに、お仕置きと称して僕を犯すような真似を続けるんだったら、もっと優秀なアルファ……うわっ⁉」

視界がぐるりと回り、気がつくと天井を見上げていた。あ然としているエミリオの上に、ひどく苛立った顔のイルメールが覆い被さってくる。

「な、なに！」

「今からお前を、つがいにする」

問答無用で宣言したイルメールの手が帯を解き始める。一瞬止めようとしたエミリオだったが、すぐに諦めて両腕を挙げた。

「……一応忠告するけど、ぼくが兄さんのつがいになるってことは、兄さんも僕のつがいになるんだよ。それで、いいの？」

答えはなかったが、服を乱すイルメールの動きは止まらなかった。

昼間、闘技場にて、自分たちは運命のつがいであると告げた。イルメールはそれを否定しなかった。

その上でつがうということは、彼も覚悟を決めたということだ。エミリオが彼だけのオメガであり、自分がエミリオだけのアルファであることを。

「分かったよ。僕が理解してあげる。兄さんは、冗談でも浮気するぞって聞きたくないぐらい僕を、いたたたた」

照れ隠しもあって、ペラペラとよく回る口を塞いだのは、たくし上げられた貫頭衣であった。せめてキスで塞げば!?　と布の下で騒いでも無視である。強引に頭から衣服を引き抜かれ、下履きも取り払われてしまった。

そのままイルメールが足を割ろうとしてくるので、エミリオは必死に待ったをかけた。

「ストップ、ストップ！　やめてよ、これじゃいつもと同じじゃん!!」

「……どうしてほしいんだ、お前は。生娘のように扱われたいのか？」

不服そうに問いかけられ、一瞬頭が真っ白になる。どうしてほしい、などと聞かれたのは初めてだ。胸の奥がうずうずして、気を引き締めていないと満面の笑みを浮かべて抱き締めてしまいそうだった。

「そう……だね。試してみて、兄さん」

この程度のこと、普通のつがいであれば当然だ。しかも運命のつがいなのだから、と思いはすれど、今までとの差異を考えると安易に全てを許してしまいたくなる。

『イルメールを甘やかしちゃだめだよ、エミリオ。こういうことは最初が肝心なんだから』

兄の治療を終えたルーメンの、去り際の言葉が脳裏をかすめた。

『対等の立場になるってことは、イルメールのだめさについて君にも責任が生じるってことなんだ。アルファへの恐怖や劣等感を刷り込まれたのは君の責任じゃないけど、エミリオも成長しないといけないよ』

優しく賢いオメガの祖。いつかは彼のようになりたいと意識しながら、羞恥を捨てて要求を口に出した。

「僕を大切な……好きな人と初めての夜を迎える女の子みたいに、丁寧に扱ってよ。ほら、メリゴ・コンチネンタルのあの子と結婚していたら、兄さんだってそうせざるを得ないでしょう？」

朴念仁の兄にも分かりやすいように、と考えていたら、ずいぶんと少女趣味な説明になってしまった。うっすら赤面しているエミリオを見下ろし、イルメールは真面目《まじめ》な顔でうなずく。

「そうだろうな。あの女には、特に欲望は感じない。礼儀を守る以上のことはできんだろう」

次の瞬間、真っ赤な顔を両手で覆ったエミリオを見下ろして彼は不思議そうな顔をした。

「どうした」

「……なんでもない。ただ、兄さんって、そのつもりで聞けば本当にストレートな人なんだなって……」

痛みにも屈辱にも慣れている。道化の笑いで受け流す訓練は十分だが、愛されることにはまだ不慣れだ。全身を這《は》うむず痒《がゆ》さを押し殺し、せいぜい高慢に言ってやった。

「まあ、でも、いいか。やってみてよ、兄さん」

言われるままに、イルメールの手がエミリオの体に触れる。そっと首筋を辿られ、鎖骨をなぞった指先が胸へと滑ってきた。小さなとがりを摘《つ》まれ、くにくにと揉まれる。そのたびに、脇腹のあたりがぞわぞわする。

「……胸、変な、感じ……」

「痛むのか」

愛撫の手を止めようとした兄に首を振る。

「大丈夫。もう、母乳は止まってるから……」

それが問題ではないのだ。ただ、自ら言い出したことながら、違和感が拭えないだけである。

「あんまり、ここ、触られたことなかったから……くすぐったいって言うか、とにかく変な……ッ、んッ」

「確かに、あまり触れたことはなかったな。せっかくだ、ここでも感じるようにしてやる」

下手だ、と言われたとでも思ったのだろうか。口調は淡々としているが、その指先に熱意がこもった。摘まみ上げたり、軽く弾いたりしながら、じっとエミリオの反応を観察している。

その目が何よりも心をあぶるのだ。適当な理由をつけて一方的に犯される時とは違う。蔑みのない、あくまでエミリオを感じさせようとする視線がたまらない。

「あ……んまり、見ない、で」

「見ないと感じているかどうか分からんだろう」

色を濃くし、ぷっくりと屹立《きつりつ》した乳頭を指の腹で撫でながらイルメールはつぶやく。彼の息も少しずつ荒くなり始めていた。

「っひゃっ!?」

急にイルメールが顔を伏せ、右の乳首に吸いついてきた。柔らかい舌と唇に吸い上げられる感触にうなじの毛が逆立つ。反対側の乳首も同じように吸われた挙げ句、興奮したのかイルメールは歯まで立ててきた。

「いっ、ン」

痛みはあったが、それはすぐに甘い痺れに変わった。はあはあと切ない息を吐いているエミリオの胸から顔を上げたイルメールは、その下肢に手をやって薄く微笑む。

「胸への刺激だけで勃《た》ったな」

「言わないでよ、馬鹿……」

恥ずかしさに顔を背けたエミリオは、角度を変えた性器をやわやわと扱《しご》かれて驚いた。

「えっ、そこ、触ってくれるの……？」

てっきり、感じていることを確認するだけだと思っていたのに。この間発情した際にも愛撫してくれたが、挿入なしで熱を発散させるためだと考えていた。

「女にするようにされたいのだろう？」

「でも、それは、女の子には……ッ、あっ、アァ」

焦ったエミリオをよそに愛撫は激しさを増した。兄の手にそこを触られている、それだけでも息が上がるのに、やると決めれば器用なイルメールだ。裏筋を辿られ、先端の窪《くぼ》みをぐりぐりと刺激されると、一気に射精欲が高まった。

このまま放ってしまいたい。そう思った矢先、イルメールの手が止まった。焦《じ》らされるのかと思いきや、兄の体は下のほうにずれていく。

「に、いさん、嘘ッ」

ぴちゃり、と響く水音。エミリオの性器を握り直したイルメールがその先端に舌を這わせ始めたのだ。最初は行為に抵抗があるのか、しかめ面をしていたが、いちいち彼の表情を確かめている余裕はすぐになくなった。

「やっ……、はぁ、だ、だめだよ、だめ」

喉を突き出すように仰け反らせ、必死になって絶頂を抑制する。性器を愛撫してくれたことさえ珍しいのに、口まで使ってくれるとは思わなかった。熱い粘膜に包まれる刺激は、手でされる何倍も強く耐えがたい快感だった。

「やめ……うう、ん」

止めようとしたが、ルーメンの言葉が脳裏をかすめた。彼らも今頃、うまく行ったと笑いながらセックスに及んでいるのだろう。すぐには無理でも、あの二人のようなつがいを目指すのなら、口淫《こういん》程度で騒ぐべきではない。とはいえ、なんでもしてもらいっぱなしは性に合わない。

「ぼ、僕も、する」

もともとしゃぶらせるのが好きな兄はうなずいて、エミリオの体を抱え上げて反転させ、下に寝そべった自分のものが目の前に来る位置に下ろした。あまりに軽々と行われた動作に度肝を抜かれたが、これも獣化の影響だろう。「怪力」を使わずとも、基礎腕力が上がっているのだ。

「……ふっ」

エミリオが驚いている間に、イルメールは再び弟のものを口に含んだ。立ち上る快感に蕩けそうになる頭を振る。このまま何もせずにいては、体位を変えてもらった意味がない。

それにしても、大きい。アルファの男根が立派なのは当然だが、ここにも獣化の影響が残っていた。しかも……、と、根元にやった視線を慌てて上に戻し、どっしりとした亀頭に顔を近づける。思いきり大きく口を開けないと、口腔《こうこう》に収められそうにない。

「ン……む、ふ……」

カリのくびれまで必死に呑み込んだが、その時点で口の中がいっぱいになってしまった。舐めようと舌を動かすが、スペースが狭すぎてうまくいかない。無駄にあふれた唾液《だえき》があごを伝い落ち、下手をすると歯を立てそうになってしまう。

やむなく一度口から引き抜いて、先端を舐めたり吸ったりする方法に切り替えた。愛撫すればするほど大きさを増していく肉塊に内心冷や汗を覚えながら。

兄を高める作業に懸命になることで、自身の快楽から意識が逸《そ》れたのはラッキーだ。この熱量をストレートに受け止めるのも怖い。一度先に抜いてしまおう、という目論見《もくろみ》を見抜かれたのだろうか。

「ヒッ!?」

黙々と前への愛撫を行っているかに見えたイルメールの指が、出し抜けに奥の穴へと差し込まれた。男性器同様、しとどに濡れて高まっていた穴は、待っていた刺激に歓喜してむしゃぶりつく。

「は、あ、ァ、あン」

やむなく、兄のものから口を離した。後ろから来る刺激が強すぎて、愛撫に専念していられなくなったのだ。

「あぁ、う、ん、や、そこだめ、イく、イッちゃう……!」

ぐっぐっと腹側にあるしこりを突き上げられるたび、がくがくと膝《ひざ》が震えた。きれいな顔の上にへたり込んでしまいそうで怖いのに、イルメールはやめてくれない。飛沫《ひまつ》を上げるほどに濡れている穴の中を、執拗にいじり回し続ける。

思えば先日の不如意な発情以来、ずっとお預けを食らっていた。埋《うず》み火《び》を一度意識すると止まらない。子宮がかっと熱を持ち、運命のアルファを求めて泣き叫んでいる。

「も、もういい、もういいよ、ねえ、入れて、入れてよ、兄さん」

「まだだ」

懇願に、イルメールは意地悪く笑った。指は二本に増えたが、その動きは直截《ちょくせつ》な刺激を与えるものから焦らすようなものに変わっている。絶妙な位置でコントロールされた性感はゴールを見失い、腹の奥でぐるぐると自分の尻尾《しっぽ》を追いかけるしかない。

「初夜の新妻のように扱え、と言ったのはお前だろう？　お前もそれらしく振る舞え。はしたないことを言うんじゃない」

「ああ、そんな……！」

さっきまで殊勝な顔をしていたくせに、急にいつもの調子に戻らないでほしい。でも、それでこそ兄さんという思いもあり、彼がほしいという欲望だけが募っていく。

「お、お願い、ねえ、意地悪しないで」

兄に抱かれた回数こそ多いが、名目としては罰だった。互いに快楽を感じていると分かっていても、ほしがってはいけなかった。

今は違う。素直に求めて、気持ち良くなっていいのだ。兄さんだって、すごく大きくなってるんだから。この時期、獣型のアルファは興奮しやすいんでしょ？　我慢するのはやめようよ。

「ほしいよ、早くちょうだい、ずっと待ってた、ここに入れて、奥までいっぱいにして、僕をつがいにしてよぉ……！」

熱い屹立に頬ずりしながら、恥も外聞もなく訴えると、イルメールは珍しく驚いた顔をした。

「……お前、そんなに、私を」

思わず、というようにつぶやいた彼はちっと舌を打って身を起こす。

「――いいだろう」

エミリオの下から抜け出した彼は、四つん這いになっている弟の腰を掴む。自分の一物を掴み、ひくひくと震える穴に宛《あ》てがおうとしたところで、我が身に起こった異常に気づいた。

「な……んだ、これは」

眉をひそめた彼の目が何を見ているかに気づき、エミリオの熱に蒸された頭を冷風が吹き抜けた。サイズが変わっていることは分かっていただろうが、そちらに気を取られ、もっと大きな変化に気づくのが遅くなったようだ。

「……亀頭球、というやつか」

「うん……そう……だと思う」

さすがというべきか、イルメールは己の性器の根元にできたふくらみの名称を理解していた。睾丸《こうがん》とは異なるそれは、興奮すると性器同様に膨張し、メスへ挿入した際の栓の役目を果たす。注いだ精液の逆流を防ぎ、確実な種つけを行うためのものだ。

「獣化……というか、狼化、の影響みたいだね。犬科のオスの生殖器には、みんなあるから……ネブラも、そうだって」

治療のためにイルメールの全身を点検していた際、そこの変化に気づいたエミリオは激しく動揺した。獣化と引き換えに異常が起こったのでは、と疑ったのだが、同じ性器を持つネブラが説明してくれたのだ。

続いてルーメンが説明してくれた、狼型アルファとのセックスを思い出してしまったエミリオはごくりを生唾《なまつば》を飲む。その行動が誤解を生んだらしい。

「ベッドで他の男の名前を出すな」

いきなり不機嫌な声を出したイルメールが、ぐっと体を押しつけてくる。濡れた亀頭の感触が入り口をぴたりと塞いだ。

「ギルバートにもオリバーにも渡さない。お前は、私のオメガだ……！」

ずぷり、といきなり深くまで押し入られ、エミリオは声もなく敷布に突っ伏した。思った以上の衝撃だ。長くて、太くて、硬い。

陰茎骨が中にあるからね、狼のって。スゴイよ？　悪戯っぽく笑うルーメンの言葉は事実だった。人間と違って内部に骨を持つ狼の一物は、非勃起《ぼっき》状態でも交尾が可能なほどなのだ。

やっと気持ちが通じたことに加え、萎《な》え知らずの性器で抉るように子宮口を突かれる悦楽は凄《すさ》まじい。その濁流に押し流されて、切れ切れに喘ぐことしかできなかった。

「あ……っ、あぁ……っ、ンぁ、やぁ、おひり、めくれちゃうよぉ……!!」

男を迎えた穴の縁は限界まで広がり、抜き差しのたびにめくれ上がって淫《みだ》らな紅色をさらす。背後の狼のための体に作り替えられていくのを感じる。じゅぽじゅぽという水音に鼓膜まで犯されながら、エミリオは被虐の快楽に酔った。

「あぁ、ン……！」

ぷし、と音を立て、自分の性器が弾けたのを感じる。ぎゅっとイルメールのものを締めつけた感覚もあったが、彼の動きは変わらない。

「ま、待って、抜いて、僕、イッて、あ、あぁ」

痺れた片腕を伸ばして兄の体をタップし、やめさせようとしたが、絶え間ない衝撃にバランスを崩しただけに終わった。はっはっと速い息づかいが耳の後ろをくすぐり、時折べろりと舌で舐められる。なんとなく、舌も以前より少し長くなったように思えた。

絶頂の余韻に痙攣する奥をかき分けるように続く律動。諦めて突っ伏したエミリオの尻を抱え込んだイルメールは、ぐりぐりと腰をグラインドさせて敏感な奥をいたぶり続けた。そのたびにエミリオの体はぴくぴくと跳ねて、犯されているというより大きな獣に捕食されているような錯覚を覚えた。

似たようなものか、とぼんやり思う。大好きな兄さん。僕だけの兄さん。あなたに骨まで食べ尽くされるなら、本望だよ。

「エミリオ」

倒錯の霧の向こうから聞こえる、熱っぽい兄の声。吐息が移動し、うなじをくすぐったかと思うと、鋭い痛みがそこを穿った。イルメールが牙を立ててきたのだ。

「あ、ぁ……！」

かっと全身が熱を持つ。此岸《しがん》と彼岸の狭間でうっとりと揺れていたエミリオの魂に嚙みついて、無理やりにでも側に置こうとする傲慢な痛みが意識を引き戻し、また持ち上げていく。夢見たこともなかった高さへと。

つがいの誓約は交わされた。震えるような感動が心を満たす。心身共に愛するアルファと繋がった、原始的な喜びが肉欲では届かない部分にまでひたひたと満ちるのが分かった。

「……ッ、私の、エミリオ」

イルメールも同じ気持ちなのだろう。かすれ声で呼びかけた後、ぶるりと胴震いした彼の性器が腹の奥で一際ふくれ、子種を噴き出した。

「ん、ん……！　あつ……ぃ……」

びゅくびゅくと吐き出される熱が脳まで染み通るようだ。半開きの唇から舌を突き出し、エミリオは久しぶりの感触に酔い痴《し》れた。

「あ、あ、う、そぉ」

二分、三分。ただのアルファであった頃ならとうの昔に終わっていただろう放出は、一向に終了の気配がない。ぱんぱんに腫《は》れ上がった亀頭球によって出口も遮断されているため、吐き出された体液によって、エミリオの下腹は徐々にふくらみを増していった。

「……射精能力も、狼と同じようだな」

「みたい、だね。これなら、すぐに次の子ができるかな……」

早くも妊娠したかのような腹に手を当て、エミリオは淡く微笑んだ。と、兄が後ろから手を回してきて、抱き締められたままで二人揃って横倒しになる。

耳元に唇を寄せられた。後戯をしてくれるつもりなのだろうか。その前に、さすがにそろそろ抜いてくれないかと思っていると、小さな声でイルメールが何事かささやいた。

ややあって、エミリオは無言で兄の腕を振りほどいた。深く嵌《は》まったままの一物を引き抜き、衝撃を受けたような顔をしているイルメールを正面からぎゅっと抱き締めて、その

久しぶりに着た白い制服は、当たり前のようにぴったりと体に馴染んだ。アルバにてオメガとして大事にされていたことで、体型の変化を懸念していたが問題なさそうだ。厳しい訓練こそなかったが、電気の通わない暮らしは体を動かすことも多かったし、素朴な料理はカロリーが低かったせいだろう。

「あれこそ正に、ロハスな暮らしってやつだったもんなぁ」

お得意の軽口を叩きながらエミリオは等身大の鏡の前に立ち、身なりを入念にチェックする。

「ドミニオン」の副官としてメディアに出ることには慣れているが、場合によってはこれが最後となるのだ。軽くメイクされた顔は我ながら美しく、大舞台にふさわしい。新しく贈られたピアスもよく似合っている。

「どうかな、兄さん」

黒手袋に包まれた指先でハニーブロンドをかき上げながら振り返ると、エミリオ以上に完璧に装った兄の黒い制服姿があった。やっぱりこの格好が兄さんだな、と思いながら眺めている弟の全身を、イルメールは上から下まですばやく一瞥する。

「問題ない」

「兄さんにふさわしく、かっこよくてきれいだってことだね。さあ、行こうか」

足りない言葉を補完するのにもすっかり慣れた。微笑んだエミリオが腕を差し出すと、意外にも兄は首を振った。

「私が抱いていく。そのほうが、アピールになるだろう」

「……そうだね」

面食らったが、すぐに面映ゆさが勝った。迎えにきた部下たちがぎょっとする顔を楽しみながら、エミリオは兄と並んで彼の執務室を出た。

目的地は「ドミニオン」本部の二階に設置された会議室だ。本日はメディア用に解放されているため、ビジタータグを首から提げた者たちでごった返している。

広報のためによく使われる場所なのだが、「ドミニオン」が本部に招くようなメディアはいわゆる御用聞きである。必要以上に突っ込んだ質問などはせず、「ドミニオン」が流したい情報だけを右から左へ放送するに過ぎない。

だが今回は、神話再生主義との共同会見。テロリストとして七大陸の全てに指名手配されている彼らと同席だ。御用聞きどころか、インタビュー相手の全てを搾り取ってやろうと、手ぐすね引いているハイエナのような連中も混じっている。

ハイエナなんて、実際はライオンに餌を横取りされることも多いのにね。アルバでの暮らしの中で身につけた知識を思い返し、肩を竦めるエミリオに強烈なライトが当てられ、会見が始まった。

「『ドミニオン』長官、イルメール・ウルヴァンである。本日集まってもらったのは、我がウルヴァンの血族にオメガを第二の性とする者が存在していることを発表するためだ」

会議室の正面に並んだ者たちの中、代表して口火を切ったのはイルメールだ。「神の似姿《イコン》」、誰よりも冷たく美しいアルファ性の体現者は常々人目を引く存在だが、今日ばかりは彼の腕に抱かれた者に人々の注目は集まっていた。

「『ドミニオン』副官、エミリオ・ウルヴァンです。兄の言う、ウルヴァンに現れたオメガというのは、僕のことです。僕たちは運命のつがいであり、すでに身も心も結ばれた状態にあります」

続けて隣のエミリオが宣言すると、室内にどよめきが走る。本日の会見内容は大雑把に伝えてあったはずだが、改めて口にされると衝撃が大きかったのだろう。フラッシュが何度か瞬き、すぐに注意されて終わった。ライトは仕方がないにせよ、泣き出してしまうかもしれないからだ。

「こっちの子が、ニグレード。アルファです」

イルメールの腕に抱かれた赤ん坊を指し示し、エミリオは微笑んだ。またしても声にならないどよめきが空気を揺らす。

それはそうだろうな、と思った。なぜならすうすうと眠るニゲルの見た目は、まるっきり狼の赤ん坊でしかないからだ。

「そしてこっちの子が、アルバ。オメガです。彼らは双子で、先日僕が産みました」

ニゲルよりはショックが薄かったようだが、三度室内の空気は震えた。高名なアルファの一人だったエミリオがオメガであり、しかもその子までオメガ。オメガは根絶された、と再三繰り返してきた「ドミニオン」の長官と副官が、揃ってそれを認めたのだ。おまけに彼らは、運命のつがいだという。

「『ドミニオン』が組織としてオメガ廃絶を推し進めていたことは事実だ。自分たちの子が生まれたからといってなんだ、対応が遅すぎる、と思われるのは承知している」

ざわざわとざわめく声が、次第に非難の色を強めてきた機先を制してイルメールは続けた。周知の事実でありながら、公に認められることはないと誰もが思っていた「ドミニオン」の闇《やみ》を、長官自らが語ったのだ。場はしんと静まり返る。

「残念ながら、創世の神であっても過去の罪は雪《そそ》げない。我々に可能なのは現在を変え、それによってよりよき未来を作ることだけだ。罰が必要であれば、できる限り現在を変えた後に、私とエミリオが受ける」

イルメールの表情は動かない。ただ、双子の赤ん坊を抱く手に、かすかな力がこもった。

「みなさんの驚きは分かります。ですが、どうか勇気ある発表を責めないでいただきたい」

後を引き継いでしゃべり始めたのは、先日イルメールに殺されたジョンに代わり、神話再生主義の代表を引き継いだアルファの女性だった。

「以前から主張しておりますとおり、我々の祖はアルファとオメガの結びつきから生まれたのです。しかし愚かな我々はオメガへの差別意識から、神話をねじ曲げ、オメガの存在を無視してきた。今なお各地に生まれている彼らのことを、知っていてなお――」

ここぞとばかりに熱意のこもった発言に、メディアの者たちも熱心に聞き入っている。彼らが大衆に向けてどのようにこの件を伝えるかと思うと、不謹慎な高揚がエミリオの身を包んだ。

今この瞬間も、リアルタイムで放映されている自分の顔に物を投げつけ、ふざけるなと叫んでいる者は大勢いるだろう。ウルヴァンの両親にも何も告げずに強行したため、実家から絶縁されるのも時間の問題だと思われた。暗殺者を派遣されてもおかしくない。この発表を行うと聞いて、即座に離反を決めた部下も多い。

イルメールと神話再生主義者が今後共同で公表を予定している、オメガ廃絶に関しての資料が出回る頃には、さらに離反者が増えるだろう。

神話再生主義の面々からも、「今さら何を」の声が上がっているのは知っている。この機を逃す手はない、と代表の一存で決まった合同会見後、彼らもまた分裂して勝手なテロ行為を始めるかもしれない。

それでも不思議とハッピーエンドを信じてしまえるのは、いかにもオメガらしい、浮ついた思考だと取られてしまうだろうか。

「もともと、『ドミニオン』のやり方を疑問視する声は抑えきれなくなりつつあったしね。オメガの存在だって、公然の秘密に近かったし。何より、今の僕らには、創世の神様がついてるんだもん」

腕の中、大人たちの喧噪《けんそう》などどこ吹く風で船を漕《こ》いでいる双子の安らかな寝顔を見ていると、怖いものなど何もないと思える。たとえ、二人で死ぬことになっても。

――私たちの子供は、生きている。

晴れてイルメールのつがいとなったあの日、遂情《すいじょう》の熱冷めやらぬ中で奇跡は告げられた。

――名も知らん相手に産ませたとして、施設に預けてある。お前の体調を監視するシステムに赤ん坊も加えてあるので、特に問題なく成長しているようだ……エミリオ？

たまらなくなって、兄を抱き締めてキスした。獣人たちに散々言われてきた彼の不器用さが愛しくてならなかった。

名前をつけると情が移ると思っていたのか、名無しのままだった赤ん坊たちに名づけたのはエミリオだ。その由来はもちろん、散々世話になった創世神たちとの暮らしからである。

ネブラとルーメン。彼らが自分たちを助けてくれたのは、きっと兄の行動が元にあったのだ。彼が双子を易々《やすやす》と始末するような人間であれば、神々は自分たちを、この世界を、完全に見捨てただろう。

この先の苦労は分かっているが、どうしても広報用の澄ました顔を繕っていられない。ならばいっそ、と愛を掴んだオメガの喜びを見せつけるように、エミリオはイルメールに寄り添った。なんだ、というふうに見下ろされ、それにしてもかっこいいな、と思いながらにっこり微笑むと、

「やはりお前は、オメガの中でも一番美しいな。あの小生意気な白いのとは、比べものに……おい、どうした」

ああ、まったく、この人は。

せいぜい幸せな笑顔でアピールしようと思っていたのに、今後はオメガの祖として尊敬を集める予定のルーメンの名を伏せる知恵は回るくせに、どうして。いきなり泣き出したエミリオに、イルメールは珍しく少し慌てた顔をしていた。

# あとがき

こんにちは、雨宮四季《あまみやしき》と申します。今作はいわゆるオメガバースですが、義兄弟に異世界に獣人に制服と、いろんな要素がてんこ盛りでお送りしております。

オメガが絶滅させられたという前提の元、アルファを装う弟のエミリオの苦悩は書いていてとても楽しかったです。実は周りになんとなくバレているけれど、「長官の弟だから」と口には出されないまま、ひそかに狙われていたことも多かったのでは……？　という気もしています。お兄ちゃんが静かに始末してそう。

兄のイルメールのほうは、出来がよすぎて他人の痛みが分からないタイプなので好きになると苦労させられますが、その分自分が人を好きになっても苦労するんだろうなと思って書きました。案の定苦労していた。振り回していた側が振り回される側になるのは、王道ですけど何回見てもいいものです。

サブカップルのネブラとルーメンは、メインカップルの導き手として活躍してくれましたが、作中でルーメンも言っていたように、いまだにちょくちょく喧嘩する二人だとも思っています。だからこそ、長持ちしているのだとも。基本的には無邪気に突っ走るルーメンをネブラが抑える形ですが、あれでネブラも結構短気なところがあるので、その際はルーメンが諌めるという在り方を、イルメールとエミリオも参考にしてくれるといいな。
ギルバートとオリバーなど、脇役陣もお話を盛り上げてくれました。設定的に、一番分かりやすくモテるのはギルバートのはずなので、懲りずにすてきなパートナーを探してほしいです。オリバーは本人もちょっと癖があるのですが、好きになるタイプも癖がありそうなので、な、なんとか……がんばって……。
今作でもイラストを担当してくださった逆月酒乱《さかづきしゅらん》様、美麗な制服義兄弟をありがとうございました！　髪の先から指先に至るまで満ちた色気にいつもながら感服しております。

それでは、また次の作品でお会いできれば幸いです。

雨宮四季

本作品は書き下ろしです。

ラルーナ文庫

この本を読んでのご意見・ご感想・ファンレターなどお待ちしております。〒111-0036 東京都台東区松が谷1-4-6-303 株式会社シーラボ「ラルーナ文庫編集部」気付でお送りください。

# 双界《そうかい》のオメガ


2019年12月7日　第1刷発行

著　　　者｜雨宮《あまみや》 四季《しき》
装丁・DTP｜萩原 七唱
発　行　人｜曺 仁警
発　行　所｜株式会社 シーラボ
〒111-0036　東京都台東区松が谷1-4-6-303
電話　03-5830-3474／FAX　03-5830-3574
http://lalunabunko.com
発　　　売｜株式会社 三交社
〒110-0016　東京都台東区台東4-20-9　大仙柴田ビル2階
電話　03-5826-4424／FAX　03-5826-4425
印刷・製本｜中央精版印刷株式会社



ISBN978-4-8155-3225-3